Es ist eine Vernissage, die den Schriftsteller auf die Insel bringt. In der Betrachtung von Bildern kann er, wie in der Betrachtung des Meeres, seit jeher versinken. An diesem Abend auf Usedom jedoch spricht ihn ein Fremder an, der von seiner Beschäftigung mit der Sage vom versunkenen Vineta weiß und sich darüber lustig macht. Erinnerungen tauchen auf: das erste Gedicht, das der Schriftsteller als 14-Jähriger eines Nachts an der zugefrorenen Ostsee verfasste; das Ende der Kindheit; die regelmäßige Wiederkehr nach Usedom, das von alters her mit Vineta verbunden ist. Was hat es auf sich mit dieser sagenhaften Stadt, die dem Schriftsteller als Bild des untergegangenen Landes erscheint, aus dem er stammt? Der Fremde ist hartnäckig. Und entpuppt sich bald als Wiedergänger einer der umstrittensten Figuren des letzten Jahrhunderts: Wernher von Braun, der im ehemaligen Fischerdorf Peenemünde die V2-Rakete entwickelte. Im Streit um ihr Leben, im Streit um die Entscheidung, fortzugehen, neu zu beginnen, zurückzukehren, erscheint dem Raketeningenieur wie dem Schriftsteller die Vergangenheit in neuem Licht.

Uwe Kolbe, 1957 in Ostberlin geboren, übersiedelte 1988 nach Hamburg, wo er heute, nach Jahren in Tübingen und Berlin, wieder lebt. Seit 2007 war er mehrfach als »Poet in Residence« in den USA. Für seine Arbeit wurde er u. a. mit dem Stipendium der Villa Massimo, dem Preis der Literaturhäuser, dem Heinrich-Mann-Preis und dem Lyrikpreis Meran ausgezeichnet. Im S. Fischer Verlag erschienen die Gedichtbände ›Lietzenlieder‹ (2012) und ›Gegenreden‹ (2015), der Essay ›Brecht. Rollenmodell eines Dichters‹ (2016) sowie der Roman ›Die Lüge‹ (2014).

Weitere Informationen finden Sie auf www.fischerverlage.de

Uwe Kolbe

Mein Usedom

Abschied von Vineta

FISCHER Taschenbuch

MIX
Papier aus verantwortungsvollen Quellen
FSC® C083411
www.fsc.org

Erschienen bei FISCHER Taschenbuch
Frankfurt am Main, Juni 2016

Lizenzausgabe mit freundlicher Genehmigung
des mareverlag Hamburg

Typografie: Farnschläder & Mahlstedt, Hamburg
Druck und Bindung: CPI books GmbH, Leck
Printed in Germany
ISBN 978-3-596-03526-7

I

»Die Sache mit diesem Vineta, das war ein ganz schöner Pfusch, nicht wahr?« Ich hatte gerade im Vorübergehen die Verglasung entdeckt, unten rechts im Tresen der Hotelrezeption, und dahinter das Hängebauchschwein, das lebende Maskottchen des Hauses. Drauf und dran, mich davorzuhocken und an die Scheibe zu klopfen, wendete ich mich stattdessen um zu dem Mann, den ich übersehen hatte: »Wie meinen Sie das? Ist doch ein schönes Hotel.« Er saß in einem dunklen Anzug da, Nadelstreifen, Zweireiher, etwas altmodisch geschnitten, und trug einen dazu passenden Hut. Ich sah, wie er die Mundwinkel verzog: »Pah, Hotel. Da können wir ja gleich von den ortsüblichen Festspielen anfangen. Ich meine Sie, Herr K., ich meine Ihren persönlichen Beitrag.« In möglichst verächtlichem Tonfall fragte ich: »Kennen wir uns?« Er lachte auf: »Na, in einem sind wir uns sicher einig. Sie nutzen die Chance dieses Usedom-Aufenthalts und räumen mal so richtig auf mit dem Sentiment, das Ihnen das Denken manchmal so schwer macht.« Ich war mit guten Bekannten verabredet zur Eröffnung ihrer neuen Galerie hier am Ort und hatte partout keine Lust auf dieses Gespräch. »Einen schönen Abend noch!«, sagte ich, ohne den Kerl eines weiteren Blickes zu würdigen. Im Hinausgehen hörte ich etwas wie: »Habe die Ehre.«

So ein Quatsch, dachte ich, von wegen: Habe die Ehre, von wegen: Pfusch.

Der warme Spätsommerabend in Gesellschaft von Künstlern und Kunstfreunden fast ausschließlich aus Berlin, wie es nicht unüblich war auf der Insel, verlief erwartungsgemäß angenehm. Jede Menge schönster Esprit und Optimismus für das Unternehmen wurden über gut gefüllten Weingläsern versprüht. Zur Mitternacht stand ich wieder vor dem Hotel. Mit den Augen suchte ich den blauen Schriftzug über dem Eingang zu fixieren, schaffte es aber nicht. Ich wusste ja, was da stand. Der Name der sagenhaften, im Meer versunkenen Stadt, auf den mich der Fremde so seltsam angesprochen hatte. Im Vestibül schaute ich automatisch zu dem leeren Sessel hin. Was sollte der Unsinn mit meinem »persönlichen Beitrag«? Worin bestand der denn? Das Zimmer war okay, das Bett auch, aber ich konnte nicht einschlafen. Ich sah den Gesichtsausdruck des Kerls vor mir. Seine Augen zwinkerten mir aus der Wand gegenüber ironisch zu. »Das letzte Glas hat nicht müssen sein, mein Freund«, bildete ich mir ein zu hören. Schon stand ich neben dem Bett und begann auf und ab zu tigern. Ich kramte mein Notizbuch heraus und griff nach dem Hotelkugelschreiber. Der Mann, wer immer er war, er hatte mich am Schlafittchen gepackt, bei der Ehre. Es war offensichtlich, was er meinte. Jäh stand es mir vor Augen. Die Ostsee, die Insel, Vineta, mein Beitrag.

2

In Trassenheide war es die fünf Tage, die meine Klassenkameraden und ich dort verbrachten, dunkel. Wir schrieben Februar, da ist die Sonne dem Frühlingspunkt, der Tagundnachtgleiche, ja nicht mehr allzu fern, das lehren die Astronomie und, sollte man meinen, der Augenschein. Die Tage waren also längst nicht mehr winterlich kurz, die Nächte entsprechend nicht mehr so lang, konnten es nicht sein, die Dunkelheit überwog nur noch knapp. Doch es war dunkel und wurde höchstens dämmrig. Vielleicht bildeten wir es uns ein, weil der Mensch unserer Breiten das Ende des Winters ersehnt, die Physis um des Vitamins D und die Psyche um der antidepressiven Elemente willen? Aber das interessierte uns, eben noch Kinder, nicht. Wir nahmen etwas anderes wahr. Um uns herum, genauer gesagt: Für uns herrschte Dunkelheit. Wir Jugendlichen von vierzehn Jahren nahmen sie nicht nur als gegeben, sondern sie entsprach uns, wir genossen sie. Auf den Abend zu, zum Abend lebten wir sowieso auf. Aber es war auch tagsüber dunkel. Als wir in Wolgast ankamen und die Fußgängerbrücke betraten, lag das letzte Tageslicht auf dem Peenestrom, auf Eis und Schnee, die ihn und die teilweise verschilfte Westküste Usedoms zudeckten. Die Großstadtbälger, die wir allesamt waren, schauten interessiert in die Landschaft. Wir meinten, einen Teil der Ostsee zu überqueren, der die Insel vom Festland trennte. Wir waren bereit dafür und erlebten es auch im fraglichen Moment, nach dem Verlassen des D-Zugs in Wolgast-Hafen – schon der Name der Bahnstation! –, auf dem Weg mit Sack und Pack hinüber zur Inselbahnstation Wolgast-Fähre, wo wir einen Waggon lautstark besetzten. Auf dem kurzen Weg hatten wir einander versichert, dass wir nun über Salzwasser gingen, auch wenn es unter dem bläulichen Eis lag, uns auf die Stellen hingewiesen, wo der Wind den Schnee beiseitegefegt hatte: »Guck mal, da, guck mal, wie blau das Eis ist.« Der Weg über die Brücke war nach unserer Berliner-Gören-Meinung eindeutig einer über das Meer. Usedom war schließlich eine Insel. Beinahe hätten wir es noch einmal laut geschrien: »Das Meer, das Meer!« Es gab nur schon die Blicke hin und her, wir übten schon diese bestimmte Art gegenseitiger Kontrolle aus, und genauso eine jede und ein jeder für sich innen drin. Keiner wollte noch für so dumm gehalten werden wie ein Kind. Doch wie gesagt war es da noch ein wenig hell. Später trat Dunkel ein, erfasste uns, hüllte uns ein.

Die Jugendherberge Trassenheide war eine dunkelbraun angestrichene Holzbaracke mit einem Steinsockel, vom landesüblichen Rauputz überzogen. Wir besetzten die Zimmer mit den Doppelstockbetten links und rechts des ebenfalls braun verschalten, schmalen Ganges und warfen das Gepäck ab. Bis zum Abendbrot war noch Zeit. Die Idee, vorher ein erstes Mal an den Strand zu gehen, lag nahe. Jemand schlug es vor, alle waren sofort begeistert und brachen in losen Gruppen auf. Die Gegend erkunden, aber vor allem: nach dem Meer schauen! Mal sehen, ob es noch da wäre! So schwatzten wir auf dem Sandweg daher. Der war nicht lang. Eine Viertelstunde gingen wir unter dem inzwischen grau bezogenen Himmel, auf einer Seite von Maschendraht begleitet, hinter dem verstreut ein paar Bungalows standen unter aufgeschossenen Kiefern. Alles war winterlich leer.

Auf dem Weg musste ich innerlich das Wir verlassen oder, anders gesagt, mich vom Kollektiv verabschiedet haben. Es gab etwas, was ich nicht teilen konnte: das Herzklopfen, wenn der Weg absehbar Richtung Meer führte. Wenn es wirklich ans Meer ging. Wenn hinter Wiesen, Weiden, Feld und Wald, hinter Hütten, Häusern, Ferienheimen und Promenaden das Meer mehr als nur zu vermuten war – ich spreche von der Ostsee –, wenn es dazu kam, wenn die Möglichkeit, das Meer zu erreichen, sich zur Wahrscheinlichkeit verdichtete und schließlich, auf den letzten Metern, zum Beispiel auf der meerabgewandten Seite einer flachen, von Kiefern gesäumten Düne wie in Trassenheide, unausweichlich wurde. Wenn das Erreichen des Meeres, das unmittelbare Anschauen des Meeres gleich, sofort, jetzt stattfände, die Konfrontation mit dem Meer nicht mehr nur zu ahnen, zu ersehnen, antizipierend zu fühlen war, sondern wenn dieses kalkulierbare und doch immer neue, große Geschehen, auf nichts weiter zu treffen als auf das Meer, genauer: auf die Ostsee, sie zu erreichen, bei ihr anzukommen, hier und jetzt, geschah, in diesem Nu.

Das Ereignis des Himmels zuvor gehörte dazu. Wie er sich weitete und weitete. Wie die Horizontlinie schwand, sich zurückzog, ins schiere Nichts abkippte, wegtauchte. Wie es sehr unwahrscheinlich wurde, dass da, dort, da hinten oder vorn oder wo noch irgendein Stück gewöhnlicher Landschaft folgte. Da hatte es sich mit Geselligkeit. Da war die Einsamkeit auf der Oberfläche des Planeten gesucht. Nur ich, nur ich und das Meer. Das Meer kam in Sicht.

Jenseits des schmutzig wirkenden Strands lag eine weite schneebedeckte Fläche. Sie war von Verwerfungen durchzogen. An den Bruchlinien ragten Eiskanten auf. Das Meer war in den letzten Wochen, nach Temperaturen von unter minus zwanzig Grad Celsius, gefroren. Wir nahmen den Rand in Augenschein. Er lud zum Betreten ein. Der eine oder andere Schüler löste einen der dicken Eisbrocken, die herumlagen, aber meist wieder angefroren waren, vom Boden und warf ihn ein Stück hinaus. Es lohnte sich nicht. Wir wollten ja ein lautes Geräusch erzeugen, doch kräftig, wie die Eisschicht war, geriet es leise und stumpf. Nichts brach oder splitterte, nichts klirrte wie erhofft, zum hörbaren Beweis der eigenen Kraft. Irgendwo weit hinten oder besser gesagt vorn, da draußen war ein dunkelgrauer Streifen offenen Wassers auszumachen. Wir gingen und rutschten ein wenig auf dem Eis herum. Schneebälle zu formen und nur so zum Aufwärmen sich damit zu bewerfen, war unmöglich. Der Frost ließ den Schnee als glitzerndes Pulver zerstäuben. Auch genügte schon der kaum spürbare, sachte Ostwind, dass die ungeschützten Wangen taub wurden. Wir zogen uns zurück nach dieser ersten Begegnung und erreichten – der ganze Pulk im freiwilligen Laufschritt – das Quartier. Dort war es zum Glück mollig warm, und das allgemeine Auftauen mit roten, prickelnden Wangen mündete in fröhlichstem Herumalbern.

Am nächsten Tag ging es vormittags auf Strandwanderung, endlos unter dem grauen Himmel entlang, und nachmittags nach Zinnowitz. Die Gelegenheit zur Einkehr hinter den beschlagenen Fensterscheiben der wenigen offenen Cafés wurde genutzt, soweit das Taschengeld reichte. Heiße Zitrone war der Schlager, freiwillig hielten wir es gesund statt mit der sonst favorisierten Cola. Ich mochte die Architektur, das Laubsäge-Barock. So hatte ich die hier vielfach zu bestaunende Form der Verzierung zu bezeichnen gelernt in dem Vorort Berlins, in dem meine Großeltern lebten. Hauseingänge, Veranden, Loggien unter überragenden Dächern, manchmal ganze Fassaden mit Balkonen und Umgängen waren überwuchert von hölzernen Ornamenten. Hier hatte man sie meist weiß angestrichen, irgendwann einmal.

Für einen der Tage war, wie wir schon vor der Reise gehört hatten, der Besuch in einem Künstleratelier vorgesehen. Wir gaben nicht zu, gespannt zu sein, oder wir waren es wirklich nicht. Wir trotteten da hin. Unsere Klassenlehrerin, Frau A., mit den je nach Saison kupfern oder schwarz gefärbten Haaren, die sie stets im Dutt am Hinterkopf trug, was dem ganzen Kopf etwas von einem schmalen Tier gab, sie hatte uns erklärt, um wen es sich handelte. Der Maler sei sehr bedeutend. Er lebe hier schon sehr lange. Er sei weit über die Insel hinaus bekannt. Hier auf Usedom jedenfalls sei er die berühmteste lebende Persönlichkeit. Seine Bilder würden die Insel sehr schön abbilden. Und sein Haus, das sei eine extra Überraschung. Hauptsache, der hat eine funktionierende Heizung, meinten wir auf dem Weg, zwei Stationen mit der Bahn nach Zempin und dann zu Fuß nach Lüttenort, wie das Anwesen schön norddeutsch hieß. Wir sprachen es mit einem offenen, hellen »o«, das wir über das »r« weg dehnten, und bildeten uns so ein, den landschaftlich angemessenen Klang zu finden. »Meeklenburgisch« nannten wir das, weil wir keine ignoranten Berliner sein, sondern hören lassen wollten, dass wir es besser wussten. Der Begriff Pommern war verpönt, auch auf dem vorpommerschen Grund, auf dem wir standen. Was einst Pommern hieß, war hierorts zu einem von der Geschichte überholten Etwas erklärt worden. Schon der Klang des Worts beschwor Hinterwäldlerisches herauf. Anhand der Städte gleich jenseits der nahen polnischen Grenze wurde es deutlich. Swinemünde zu sagen ging aus irgendeinem Grund, aber Stettin musste unbedingt bei seinem polnischen Namen genannt werden. Wir klugen Nachgeborenen fanden das übrigens korrekt. Das Stettiner Haff war von der Landkarte verschwunden. Die aus dem Schulunterricht bekannte »Oder-Neiße-Friedensgrenze« erklärte alles, zurückgeblickt wurde nicht. Die Ostsee war das Meer des Friedens. Pommerland war abgebrannt, das immerhin wussten wir vom Käfer unklarer Herkunft zu singen, wenn uns sommers ein Marienkäfer auf die Fingerspitze klomm oder, sehr selten, ein Maikäfer. Was genau mit dem Liedchen gemeint war, blieb im Dunkeln.

Das Grundstück mit dem Atelier befand sich auf der schmalsten Stelle der Insel, wurde uns erklärt. Man könnte fast herüberspucken über den schmalen Streifen Lands – so viel war anzunehmen, wenn auch nicht genau zu sehen oder einmal auszuprobieren. Das Achterwasser lag vor uns unter Eis und Schnee, die See irgendwo jenseits von Bahndamm und Straße. Unter der grauen Windstille war nicht zu ahnen, dass es hier die Insel schon einmal durchtrennen konnte, wenn bei starkem Nordost schwere See über das Land kam. Knapp einhundert Jahre bevor wir hier halbwegs trockenen Winterschuhs Richtung Künstleratelier stapften, war das zweimal hintereinander geschehen. Aber so genau hatte uns niemand einweihen wollen oder können. Mit dem guten Willen wohlerzogener Kinder betrachteten wir den S-Bahn-Waggon, der vor vielen Jahren hierher verfrachtet worden war und als Kern des Anwesens in dem verschneiten Garten stand. Dass er 1933 dort installiert worden war, hatte auch niemand erwähnt. Die Jahreszahl hätte uns aufhorchen lassen, wäre einer Erklärung bedürftig gewesen. Damals jedenfalls hatte der Künstler den Waggon in Berlin erstanden und es irgendwie vermocht, ihn ohne Fahrgestell hierhertransportieren zu lassen. Nun standen wir da. Nun saßen wir in dem Atelier, über dessen Tür TABU stand, um ungebetene Gäste abzuschrecken. Wir waren trotzdem hereingebeten, das Treffen war vorher arrangiert worden. Wir schauten die Bilder an, aufgestellt wie zu einer Ausstellung. In Erinnerung habe ich keine Persönlichkeit, ob bedeutend für die Insel oder darüber hinaus oder überhaupt nicht. Und doch ahne ich, dass wir andächtig dort saßen. Otto Niemeyer-Holstein war damals 75 Jahre alt und eine imposante Erscheinung. Die Aura des Künstlers füllte den Raum und erzeugte Zurückhaltung. Die Bilder nun, sie bildeten etwas ab, das da draußen zu anderen Jahreszeiten anders aussah oder überhaupt erst vorhanden war: Blumen und Sträucher im Garten, die Küste, die Bäume. Mal war es auch eine Figur oder ein Gesicht, dort auf der Staffelei.

Wieso hatte der Vierzehnjährige, als der ich hier unter den Gleichaltrigen saß, einen so kritischen Blick? Er hatte ihn. Undankbar. Noch nicht reif. Bis zu der Zeit, was hatte ihn erreicht an Kunst? Was hatte er schon gesehen, das Maßstäbe prägen konnte? Vor allem: Ging ihm schon etwas nahe? Die dunkel wirkende Tradition dessen, was galt: »Der Mann mit dem Goldhelm«, »Die Torwache«, »Toledo im Gewitter«? Eine Sammlung von sogenannten Zigarettenbildern, zu denen es kein Album gab, war auf mich gekommen. Sie bildete vor allem den Bestand deutscher Sammlungen vor dem Zweiten Weltkrieg ab und prägte meine naive Ikonografie. Vor Originalen, denjenigen, die nach dem Krieg im Osten verblieben oder auf der Museumsinsel wiederaufgetaucht waren, hatte ich bisher selten gestanden. Zu Hause saß ich manchmal an dem ausgedienten Esstisch in meinem Zimmer, den drei Zentimeter hohen Stapel im Postkartenformat vor mir. Oder, wahrscheinlicher, ich lag auf dem Boden, den Stapel zerlegend nach Motiven, in einzelne Bilder und schließlich in einen nicht definierten Haufen des Uninteressanten. Ursprünglich so kategorisierte Bilder wechselten in andere Stapel hinüber oder in ein Zwischenreich, wo sie noch einmal angeschaut wurden. Einzeln liegende Reproduktionen, denen das Interesse galt: die Auferstehung vom Isenheimer Altar mit ihren seltsamen Farben oder die Kreuzigung von demselben mit der manieristischen Fingerhaltung des Täufers Johannes. Die »Maria im Ährenkleid« aus der Hamburger Kunsthalle in ihrer Anmut. »Die Erschaffung der Tiere« des Meisters Bertram, auf der Gott als leutseliger kleiner Mann auftritt, der sich vor den Kreaturen verbeugt. »Der

Raub der Töchter des Leukippos« von Rubens, dieses viele männliche und weibliche Fleisch aus der Alten Pinakothek, von desselben Malers »Bathseba am Brunnen« zu schweigen, deren Original sich zur Zeit der Reproduktionen wie heute in Dresden befand, gleich der »Sixtinischen Madonna«, die dem Jungen dagegen entrückt und uninteressant blieb. Reproduktionen in Schulbüchern und Zeitschriften spielten auch eine große Rolle. Und es gab Bilder, die er sich schon »übergesehen« hatte oder gleich als langweilig empfunden: Was Meer und Strand betraf, lachte er mit den Klassenkameraden von Anfang an über ein gewisses »Paar am Strand«. Zugleich schaute er Menzels »Eisenwalzwerk« durchaus genauer an, das zum Beleg für historische Zustände und ihre zeitgenössische künstlerische Darstellung verkommen war und dessen Großartigkeit dennoch aus der letzten Ecke des Geschichtsbuchs hervorschien. Das Kunstwerk behauptete sich dagegen, dass es hergenommen und benutzt wurde als Illustration einer bestimmten Epoche und einer ganz bestimmten Betrachtung derselben.

Van Gogh kannten wir selbstverständlich auch schon. Wo waren wir ihm begegnet? Im Westfernsehen! Kirk Douglas war schneller als der Kunstunterricht gewesen, wie so oft hatte Hollywood die Tür aufgestoßen in Welten, die sich danach erweiterten. Später nämlich hatten wir aus der Reihe »Welt der Kunst« den Band mit Bildern in der Hand gehalten, dessen Text wir gleich den anderen kunstwissenschaftlichen jener Jahre schon aus Faulheit ignorierten. Niemeyer-Holstein, in dessen Atelier wir noch immer saßen, hatte, so schien es, van Goghs Bilder auch irgendwann einmal auf sich wirken lassen. Wir – ich schreibe: wir, und damit meine ich Freunde, die eben erst welche wurden, an deren Seite ich eben begann, Maßstäbe zu gewinnen wie aus dem Nichts, wie von selbst –, wir hatten vor allem schon Caspar David Friedrich gesehen. Seine Ansichten vom Meer bestimmten das Bild. Ohne viel nachzudenken, waren wir von der ersten Begegnung an die Seinen geworden. Niemals hätte uns einer so nennen können oder dürfen, wir hätten es aus Unverständnis abgelehnt, wenn es uns jemand auf den Kopf zugesagt hätte, aber wir waren Romantiker.

Friedrichs »Eismeer«, das Bild mit dem Mönch am Meer, seine Hafenansichten, die Darstellung der Lebensalter vor den stillliegenden Segelschiffen, sie hatten uns erwischt. Später die Originale, in der großen Ausstellung zwei Jahre danach, 1974, in Dresden, doch zuvor schon die Reproduktionen. Seltsam still wirkten sie, wie tot. Als hätten sie gar nichts mit der Welt da draußen gemein. Vielleicht setzten sie sich aber gerade deshalb fest. Sie überlagerten die Wirklichkeit. Sie wurden Ikonen des inneren Auges und als solche Begleiter fürs Leben, von der ersten Begegnung an. Der Mann will nicht zu weit gehen, was den Jungen von vierzehn betrifft. Ich will ihm nichts aufbürden. Doch darüber, wie viel schon damals angelegt war und wurde, was die unverstellte, zunächst kommentarlose Betrachtung von Kunst in einem empfänglichen Gemüt tun konnte, darüber staunen darf ich hier.

Die Malweise des Otto Niemeyer-Holstein und seine Motive, sie sagten mir bis auf ein oder zwei Bilder nichts. Ausnahmen waren bewegtere Seestücke, wenn die Erinnerung nicht täuscht. Es lag an den Farbtönen seiner Palette, an einem Hang zum Pastell. An der Flächigkeit lag es, selbst wo der Verstand dem Abgebildeten, etwa einer Strandpartie, die fehlende Tiefe hinzufügte. Die Kunsträume, die Statik Niemeyer-Holsteins stimmten nicht mit dem überein, worauf der Junge aus war.

Am Abend machten wir uns den Aufenthaltsraum so gemütlich wie möglich. Er maß vielleicht fünf mal sechs Meter, das passte. Die lümmeln wollten, hatten das Sofa und die zwei Sessel besetzt. Ich saß zwischen Mitschülern auf Stühlen in Tanzsaalanordnung an der Holzwand. Andere hockten an einem Tisch, darunter eine unermüdliche Skatrunde. Drei Jungs machten die Discjockeys. Sie hatten alle mitgebrachten Tonbandkassetten eingesammelt. Aus den Stapeln wählten sie jetzt aus. Eine gute Beschäftigung. Während die ersten Hits liefen, hantierten sie in dem allgemeinen Halbdunkel mit Kassetten, diskutierten den Stellenwert der Bands und der jeweiligen Titel. Irgendwer rief in den Raum: »Das muss aber vierzig-sechzig sein, versteht ihr?« Es gab einen Lacher. Die Zahl meinte das Verhältnis von fremdländischer zu einheimischer Musik, genauer gesagt von westlichen, englischsprachigen zu östlichen Rock- und Pop-Titeln mit ihren meist verschrobenen deutschen Texten. Bei öffentlichen Tanzveranstaltungen und Diskotheken musste das Verhältnis eingehalten werden, es unterlag staatlicher Kontrolle. Hier scherte das keinen. Nur Frau A. verzog etwas verlegen den Mund. Sie schwankte zwischen ihrer offiziellen Rolle als Hüterin der Doktrin, der sie sich allerdings meistens entzog, und der Person, die zwar nicht mit uns fraternisierte, aber gestisch, unausgesprochen unsere Zweifel mit uns teilte. Dass sie ein Leben neben der

Schule hatte, konnten wir uns eigentlich nicht vorstellen. Ob sie eine gute Lehrerin war oder nicht, wussten wir nicht zu sagen. Dazu fanden wir sie zu eigenbrötlerisch und zu wenig greifbar. Aber sie war okay.

Der Abend nahm zunächst den üblichen Verlauf. Lange saßen alle da, wo und wie sie sich zuerst hingesetzt hatten. Ein paar Mädchen begannen schließlich miteinander zu tanzen. Ich schaute mit dunklen Gedanken und hängendem Kopf vor mich hin. Vier oder fünf der Mädchen aus unserer Klasse hatten mir im Laufe der letzten zwei Jahre irgendwann einmal etwas mehr gefallen, auf sehr unterschiedliche Art. Nach dieser ungenauen Zählung die Fünfte oder Sechste, die mir ausgerechnet am heutigen Abend am attraktivsten erschien, saß neben dem obligatorischen Anmacher aus der Klasse. Der hatte Klamotten aus dem Westen, saß auch jetzt mit seinem Cordanzug von Levi's wie hingegossen da, seine Haare schon deutlich länger als die der anderen Jungen. Solange ich ihn kannte, war er Brillenträger, saß auf seiner Nase eine Nickelbrille. Dazu passend stand er auf John Lennon. »Imagine« war ein Jahr zuvor erschienen. Ich hatte die Originalplatte bei ihm zu Hause gesehen. Ich war nicht neidisch auf seinen Besitz, nur seine Selbstverständlichkeit im Umgang damit und seine Selbstsicherheit brachten mich auf. Zwar machte er kein Gewese aus dem oder jenem. Aber er landete mit seinen Interessen Treffer, gerade bei den Mädchen. Die, welcher ich mich heute Abend scheu zugewendet hatte, ohne dass es einer gesehen oder nur geahnt hätte, schon gar nicht sie selbst, hatte ich bisher nicht als eine seiner Favoritinnen erlebt. Jetzt musste ich mit ansehen, wie sie es mir gegenüber auf dem Sofa wurde. Etwas musste ich mit ansehen. Das. Ich musste. Es ging immer weiter. Ich saß da und schaute verstohlen noch einmal und noch einmal hin und wusste nicht, wohin mit mir, immer weniger. Wohin schauen, was tun? Alle um mich her waren beschäftigt. Die Gespräche wurden reger und lauter über der lauten Musik. Die Tanzfläche war inzwischen bevölkert mit Tänzerinnen und Tänzern. Man »hottete ab« nach Songs der Beatles, Animals, C. C. R., T. Rex, Slade, Jimi Hendrix, auch der Rolling Stones, obwohl sie aus unbekanntem Grund als verboten galten. Ich fand das Mädchen immer schöner. Mich erregte der Anblick ihres Haars, das dunkel auf ihren Schultern lag. Aber wenn ich hinüberschaute, verdeckte ein Teil dieses langen, seidigen Haars inzwischen auch die Schultern meines Klassenkameraden. Nun verbarg es schon sein Gesicht. Sie kicherte. Und das, das jetzt, genau, das musste ein Kuss gewesen sein. Ich war nicht sicher. Aber mir reichte es. Mehr wollte ich auf keinen Fall sehen. Da sowieso niemand auf mich achtete, verließ ich den Raum. Mir war zum Heulen. Ich zog mir die Jacke an, ging hinaus und davon.

Es war dunkel und kalt, mehr kalt als dunkel. Es war vor allem kalt, eiskalt. Was mir dunkel vorkam, war ein bewegtes, eher mittleres Grau. Die Wolken schienen zum Greifen nah. Sie zogen als Fetzen in allen Schattierungen von Grau über den Spätabendhimmel. Oder vielleicht war es noch gar nicht spät? Hatte ich schon so zeitig die Kurve gekratzt, um nicht zu krepieren da drin, ausgerechnet dem gegenübersitzend, dem beiwohnend in seinem ekelhaften Spiel? Es konnte nichts anderes sein als ein Spiel. Zumindest er konnte das auf keinen Fall ernst meinen. Ich wusste, dass er mit dieser und jener schon zusammen gewesen war. Er war der einzige Junge in der Klasse, von dem es hieß, er hätte schon, also er wüsste nicht nur theoretisch, wie es ging. Genau das brachte mich auf. Ich fand das, ohne es mir einzugestehen, unmoralisch. Ich sprach ihm das moralische Recht ab, auch noch mit dem nächsten, mit diesem Mädchen etwas anzufangen. Dass sie schon einen älteren Freund gehabt hatte, dass sie überhaupt wie die aktiven Mädchen aus unserer Klasse mit denen aus der Oberstufe rummachte, das wusste ich ja. Vielleicht hatte gerade das mich glauben lassen, ich könnte die Chance nutzen, wo größere Jungen außer Reichweite waren? Vielleicht hatte ich unausgesprochen gewähnt, sie wäre etwas wie angreifbar, zugänglich gerade deshalb. Also muss ein Gran Selbstvertrauen in mir gewesen sein. Wie hätte ich sonst gemeint, sie würde mich überhaupt eines Blickes würdigen?

Dieses oder jenes Mädchen hatte schon positiv auf mich reagiert. Mehrmals war ich als Gesprächspartner gesucht worden, wenn es um Krisen in den Beziehungen zu anderen Jungen ging. Einerseits hatte ich das Vertrauen genossen, die vertraute Nähe zu den Mädchen, die daraus erwachsen war. Andererseits hatten sie mich zugleich spüren lassen, dass ich – unter anderen Umständen, versteht sich – auch selbst ein Partner sein könnte, einer, dem sie sich – wenn es nicht so wäre, wie es eben war – hätten zuwenden können, in den sich eine wie sie durchaus verlieben könnte. Ich hatte nicht viel davon gehabt. Ich gab manchmal gar nichts darauf. Ich hasste diese Stellung als bester Freund. Aus meiner Perspektive war sie unbefriedigend. Als Hausmeister im Schlosshof galt meine Aspirantur in Wahrheit der Rolle des Prinzen, der Aussicht, zum König des Herzens aufzusteigen. Haha. Ich lachte laut auf. Hoho. Ich stolperte so vor mich hin, den doofen Sandweg Richtung Ostsee. Hihi. Wo willst du denn hin, du Idiot? – Weg von denen da wollte ich, weg von meinem eigenen blöden Glotzen. Außer Reichweite der eigenen Peinlichkeit sein. Allerdings trug ich sie im Laufen mit mir. Scham war es, was mich überhaupt antrieb, Scham, die ein Vierzehnjähriger als glühend erlebt. Sie saß mir im Nacken, beugte sich von oben über mich und schnitt Gesichter, machte Fratzen, überholte mich plötzlich, sprang davon, doch nur, um zurückzukehren und mich als eisiger Wind zu verhöhnen. Er blies von der See her. Meine Wangen waren schon ganz taub. Ich erreichte die Düne. Es war ein Schock. Was wir Schüler bei der Ankunft mit freudiger Überraschung gesehen und als Angebot zum Spielen betrachtet hatten, das Meer unter Eis und Schnee, es hatte sich verwandelt in etwas Niegesehenes. Was wir in den Tagen zuvor nebenher schön, gewiss sogar beeindruckend gefunden, aber nicht ernst genommen hatten, da war es. Unerhört. Unglaublich. Fremd. Erregend.

Der Himmel stürzte heran. Ich fühlte die Geschwindigkeit der Wolken, sie trieben mir entgegen und über mich hin, als risse jemand die Decke eines geschlossenen Raums rasend fort, das Gewölbe eines Tunnels, der in seinen Ausmaßen alles übertraf. Die Sicht war nicht gut. Es war diesig. Das verstärkte den Tunneleffekt. Voraus lag das Eis. Es war nicht mehr dasjenige, das ein paar Kinder zum Spielen einlud, zum Herumwerfen von Stückchen und Brocken. Es war nicht mehr das Eis, auf dem wir geschlittert waren. Das war die pure Gefahr. Und die pure Erregung. Seltsam genug, dass ich an »Das Eismeer« denken musste, welches ich bisher nur in einem Druck gesehen hatte. Wem sie einmal begegnet ist, der vergisst sie ja nicht mehr, eine so perfekte Konstruktion der Erstarrung. Wenn nun das erste Mal hoch aufgeschobenes Eis vor dir liegt, aufgebrochenes, im Bersten erstarrtes Eis, dann denkst du unvermittelt, das sei »wie auf dem Bild von Caspar David Friedrich«. Dabei war das hier selbstverständlich besser, oder nicht? Es war doch »das wirkliche Ding«.

Ich hatte so etwas noch nie gesehen und schon gar nicht betreten. Nun tat ich es, bang, gegen den Wind, zitternd. Angezogen von dem Erhabenen. Vielleicht durch die Ikone des Bildes im Kopf verstärkt, der Magie ausgesetzt, die aus Übereinstimmung zweier solcher Größen folgte. Das Wirkliche war größer als die Kunst. Bestimmt war es das. Ja, war es das? Aber das Wirkliche war noch größer, weil es die Kunst gab. Nicht wahr? Und: Was hieß hier Kunst? Ich dachte nicht an Kunst. Ich trat in etwas Gigantisches ein, allein. Wenn das kein Privileg war! Sollten sie doch dort in dem Raum hocken auf dem Sofa. Sollten sie doch tanzen, meinetwegen. Ich war hier. Die Wolke, die ich ausatmete, schlug sich als eisige Tröpfchen auf dem Schal nieder, den ich vor den Mund gezogen hatte. Mein Privileg war die Einsamkeit. Mein Privileg war: das Große und ich, miteinander im Zwiegespräch. Der Sog dauerte an. Ich wollte an die Kante. Logisch! Klar wollte ich da hin, ganz nach vorn an den Rand, an das Meer, dessen Schaumkronen ich auf dunklem, klarem, edlem Flaschengrün ausmachen konnte. Aiwasowskis

»Neunte Woge« kannte ich noch nicht. Das glasklare Grün jener Woge lieferte später einen anderen Vergleich mit den Farben der Ostsee. Aber jetzt und hier war nur das Echte. Grüne Schwärze des Meers, schwarzes Grün. Die Schroffen und Schrunden der Bruchkanten. Ich stieg hinauf und rutschte hinab, wie über Wellen. Es waren keine zehn Meter, die ich ging und halbwegs vorwärtskam. Näher konnte ich der offenen, schäumenden See nicht kommen.

Die Anstrengung war übermächtig, die feuchte, durchdringende Kälte. Und die Gedanken waren übermächtig, das Rasen im Schädel, der Stau einer großen Spannung. Das Gewöhnliche lag weit da hinten. Das hatte ich bei den anderen gelassen, bei diesen Tändlern, bei diesen albernen Typen. Hier, in der großen, gnadenlosen Natur, in dem Größeren, in dem Allerhabenen, das mich umgab, konnte mein kleines Ich in dem gegebenen Nu – wie in einem Schrei, aber ich schrie nicht, stieß nur heftig den Atem aus, hatte immer größere Angst, je weiter ich mich vom Ufer entfernte –, hier konnte dieses Ich der Mittelpunkt sein, alleinsam, grandios. Eine Scholle kippte, ich rutschte und stand mit beiden Beinen im Wasser. Der Grund war vereist oder das Wasser sehr flach, jedenfalls ging es nicht weiter als bis zu den Knien in den Bluejeans. Der Schreck jagte mich hoch. Ich schaute nicht mehr zu dem Schwarzen oder Flaschengrünen zurück, fand das große Drohende nur noch kalt, nass, schrecklich und stolperte und stakste vorsichtig zurück.

Wieder auf festem Grund, hob ich die Nase empor, lachte auf, kicherte über mich und mein Abenteuer, aber hob die Nase noch höher und ging den Weg zur Jugendherberge zurück. Das heißt, ich versuchte zu laufen, aber vermochte es nicht recht in den nassen Schuhen, weshalb ich ausschritt, als ertrüge ich, bei mir selbst gesprochen, männlich Nässe und Kälte, wenn auch bibbernd. Durch die Tür des Aufenthaltsraums klang Rockmusik und lautes Palavern. Ich quietschte weiter zum Zimmer, schaltete die betrübliche Deckenlampe ein, die Glühlampe von vierzig Watt in dem schief baumelnden Korbgeflecht, und zerrte mir unter Mühen Schuhe, Socken und nasse Hosenbeine herunter. Als klapperndes Gestell stand ich im kalten Waschraum. Aus der Dusche perlte zum Glück sehr heißes Wasser. Ich hielt darunter aus bis zur absoluten Krebsröte.

Was war geschehen? War etwas geschehen? Zurück zu den Klassenkameraden trieb mich nichts. Eben noch, sagen wir: gestern, hätte ich großspurig mein Abenteuer ausgeschmückt, den Weg an die offene See über die Bizarrerie der aufgeschobenen, aufragenden Schollen mit ihren gläsernen Bruchkanten, mit ihrer gotisch aufschießenden Architektur zum Besten gegeben, hätte Beifall heischen wollen oder wenigstens den ironisch gefärbten Respekt, der unter uns üblich war. Ich hätte das Erlebnis ans Anekdotische verraten wie immer. Doch in diesem Augenblick? Nichts. Ich wollte das jetzt nicht. Ich hatte eins dieser schwarz glänzenden Schreibhefte dabei mit rotem Schnitt, blass liniert. Darin fanden sich ein paar Schreibereien, anfangs sogar ein paar Seiten in einer ordentlichen, nach rechts geneigten, steilen Schrift, denen einige im nach links geneigten, bauchigen Stil folgten. Ehrlich gesagt war es der großartige Versuch eines Romanbeginns, den ich seit dem zwölften Lebensjahr nicht aufgeben wollte und immer einmal wieder hervornahm. Es ging darin um ein Planetensystem im Sternbild des Großen Hunds. Ich drehte das Heft um, entfernte die Reste einiger hinten herausgerissener Seiten, und hatte so einen neuen Anfang gewonnen.

In der abgewetzten Federtasche führte ich ein paar Bleistifte mit, weil ich manchmal zeichnete, die Segelschiffe des Kolumbus oder alte Bäume oder das Hofgeviert, wie ich es zu Hause aus meinem Fenster sah, in möglichst korrekter Perspektive. Einen Stift nahm ich heraus und schrieb in das obere Viertel der ersten Seite ein Wort. Ich unterstrich es dick und erklärte es zur Überschrift. Darunter setzte ich das gleiche Wort noch einmal. Punkt. Ein zweites, gleich kurzes Wort. Wieder ein Punkt. Das dritte Wort. Ein dritter Punkt. Die zweite Zeile begann noch einmal mit dem ersten Wort, doch versuchte ich, hier etwas mehr zu sagen, dem Wort Eigenschaften anzugliedern, es zu erweitern, es auszuschmücken. Es folgten noch zwei Zeilen für die jeweils anderen Worte. Still las ich sie. Sie hatten einen drängenden Rhythmus. Sie lasen sich wie das Ausstoßen des Atems, wenn einer ins Eis vordringt und einbricht. Sie lasen sich wie Worte eines, der bis an die offene See will und darüber hinaus, hinein. Nicht über das Wasser gehen, nichts Utopisches. Aber auch nicht schwimmen, nichts Realistisches. Der Rhythmus war der eines Menschen, der seine Furcht überwindet, sich gibt, sich in die Arme der Welt wirft und aufschwingt mit aller Kraft. Einer, der sich behauptet mit ausgebreiteten Armen wie ein Liebender, der die ganze Welt umarmt. Die Überschrift lautete »Ich«. Es war der Titel meines ersten Gedichts, in dem der Dreiklang ertönte von Ich und Eis und See, der mich nie wieder verließ. Der Gang bei der Ankunft nach Usedom hinüber war der letzte als Kind gewesen.

3

In die nächtliche Stille hinein klang trockenes Händeklatschen. Ich fuhr herum. Vor dem Hintergrund der Vorhänge war seine Figur im dunklen Anzug fast nicht auszumachen. Nur die Ecken des Schmucktuchs leuchteten vor der linken Seite der Brust. »Guter Anfang«, sagte er. »Warum sich nicht an den Ursprung begeben und Anlauf nehmen für ein paar ehrliche Worte?«

»Sie haben mir also über die Schulter geschaut, Herr …, wie, sagten Sie, heißen Sie?«, versuchte ich dem ungebetenen Gast gegenüber ruhig und höflich zu bleiben.

»Nichts für ungut«, tönte er nun, »aber das war kaum nötig. Ich weiß sowieso, was in Ihrem Kopf vorgeht, Herr K., ist doch ein Kinderspiel. Ich bin von einem technischen Fach, ich durchschaue Konstruktionen. Nennen Sie mich ruhig bei meiner Berufsbezeichnung. Ich bin Ingenieur.«

Ich begnügte mich mit der Ahnung, wer da vor mir stehe, gab aber noch nicht auf: »Herr Ingenieur also, was wollen Sie von mir?« Ich war aufgestanden und ging auf ihn zu.

Er hob die Arme: »Fassen Sie sich! Ich habe Ihre Gedichte gelesen!«

»Haben Sie?«

»Ja«, lächelte er, »und sie haben mir ausnehmend gefallen. Doch jetzt – bitte korrigieren Sie mich, wenn es anders sein sollte – geht es nicht um Lyrik, sondern um das besitzanzeigende Fürwort, von wegen ›Mein Usedom‹, und um diese leidige Sache mit Ihrem jahrzehntelang leichtfertigen Umgang mit dem hübschen Namen Vineta. Dabei könnte ich den erfunden haben. Jetzt geht es darum, Klartext zu reden. Bei Lichte besehen«, und damit tat nun er einen Schritt auf mich zu, »sind Sie genau im richtigen Alter dafür.«

4

1993 habe ich einmal Urlaub auf Usedom gemacht. Aus leicht erklärtem Grund war von vornherein alles von freudiger Nervosität durchzittert und von nervöser Freude erfüllt. Dass der Juli auch von außen gut wärmte, passte. Zwei Freundinnen und deren Söhne verbrachten ihre Ferien auf dem großen Campingplatz in Ückeritz. Auf ihre Einladung hin reisten meine Partnerin, mein älterer Sohn und ich auch für eine Woche an. So weit, so harmonisch. Eine gute Verabredung. Einer der zuerst genannten Söhne war auch meiner. Der ältere und er, in dem Sommer sechzehn und dreizehn Jahre alt, hatten sich noch nie gesehen. Eine sehr gute Verabredung. Das, worauf es ankam, was erhofft war, ergab sich von selbst. Am Tag nach unserer Ankunft zogen die beiden Halbbrüder miteinander los. Warum der andere Bursche mit seiner Mutter abreiste, davon gleich mehr. Jedenfalls sah ich meine Söhne an den folgenden Tagen nur nach dem Aufstehen und wenn der Hunger sie in die Nähe der Erwachsenen trieb. Den Jungen stand ab und zu sogar ein Chopper zur Verfügung, damit ging's ab durch die Mitte, durch den hellen Sand zwischen den Kiefern. Jedenfalls nannte der Ältere, führerscheinlos, aber mit Fahrkenntnissen, das Ding einen Chopper. Wenn der mit den zusammengebundenen blonden Rastazöpfen zu dem mit dem blonden Stoppelhaar auf den Sozius stieg, wurde erst einmal das Standgas aufgerissen, und wenn die Kupplung griff, musste der Sand spritzen. Der Eltern ängstigende Anblick des schwankenden Dings auf schmalem Weg zwischen Bäumen hinterließ ein Lächeln auf meinem Gesicht. Es überraschte mich zunächst, dass auf dem Zeltplatz ein Kumpel aus Berlin aufgetaucht war, der das Gerät meinem Sohn lieh. Damit meinte ich nicht die Herkunft aus der alten und neuen Hauptstadt, die wie gesagt ein großer Teil der Inselurlauber teilt. Ich dachte, wie klein die Welt sei – oder wie groß die des erstgeborenen Sohnes, von der ich fast nichts wusste, fast ebenso wenig wie von der des anderen.

Das zurückliegende Jahr 1992 hatte ich in Rom verbracht als Stipendiat der Deutschen Akademie Villa Massimo. Das wird hier nicht erwähnt, weil ich eine hochkarätige Gemme unter die Kieselsteine des Dichterlebens streuen wollte. Ich würde mich nicht minder unterstehen, die gewellte Landschaft Usedoms mit ihren Spuren slawischer Burgen in die Nähe der eng beieinanderliegenden sieben Hügel Roms zu rücken. Es geht um etwas ganz anderes, von dem ich vorerst, unmittelbar nach der Ankunft in Ückeritz, nicht die Spur einer Ahnung hatte.

In Rom hatte es einen Fernseher gegeben in dem Studio, das mir zur Verfügung stand. Ende August zeigte das italienische Fernsehen tagelang nichts anderes als Bilder aus dem Land meiner Herkunft, genauer aus einer Hafenstadt an der Ostsee. Es waren – man wird sich erinnern – Aufnahmen aus Rostock-Lichtenhagen. Es war der randalierende, brüllende, Scheiben einwerfende, Brandflaschen in Menschenwohnungen schmeißende deutsche Mob. Besonders ausgiebig zeigten mir damals die italienischen Sender die Figur jenes Anwohners vor dem brennenden Zentralen Asylbewerberheim, dem berühmten Sonnenblumenhaus, jenes deutschen Mannes mit der Bierflasche in der Hand, der vor Begeisterung am Geschehen in seine graue Jogginghose gepinkelt hatte.

Hier auf dem Campingplatz in Ückeritz schauten wir nicht fern. Es stellte sich heraus, dass wir es, in bescheidenerem Maßstab, gar nicht mussten. Zunächst waren jede und jeder von uns mit sich beschäftigt, ich meinerseits mit dem Glück der Begegnung meiner beiden Söhne. Es durchfloss mich als zufriedenen Beobachter, zufrieden nicht mit sich selbst, sondern mit der Situation. Ich war froh, dass die Jungen etwas miteinander anfangen wollten und konnten. Auch hatten wir Erwachsenen einander viel zu sagen. Gleich am ersten Abend allerdings kam im Gespräch zwischen und mit den beiden Jungen die Rede auf die Linken und besonders auf die Rechten. Nicht nur deshalb, weil die Burschen in gegensätzlichen Welten lebten, was sich nach außen in ihrer Kleidung und in ihrem Kopfhaar ausdrückte. Ich wusste, dass der Ältere sich seit etwa zwei Jahren als Skinhead verstand, als Oi-Skin, um genau zu sein, so wie ich es auf seine Selbstbeschreibung und auch seine Verteidigung gegen politische Anwürfe hin nur sagen kann, sagen muss und unbedingt sagen will. Auch nicht deshalb kam die Rede auf politische Extreme, weil die beiden in ihrer Heimatstadt, kaum drei Kilometer Luftlinie voneinander entfernt, der eine in Treptow, der andere in Kreuzberg, getrennt durch die Berliner Mauer, vollkommen andere Erfahrungen gemacht hatten und die Dinge nun einmal anders sahen.

Beide entwickelten sich darin gemäß den Strömungen, die unter Jugendlichen in ihrer Gegend sowieso eher anzutreffen waren als andere.

Die Rede war über einen anderen, direkten Weg auf die Linken und insbesondere auf die Rechten gekommen, auf die Rechten in unmittelbarer Umgebung nämlich, hier auf dem großen, schön gelegenen Zeltplatz in Ückeritz. Die Freundin der Mutter meines zweiten Sohnes stammte nicht von Deutschen ab, war aber hier geboren und aufgewachsen. Zufällig war sie früher einmal in dieselbe Schule gegangen wie ich. Daher wusste ich, woher ihr asiatischer Gesichtsschnitt stammte. Sie war Sibirjakin, Sibirierin. Ob ihre Eltern zur burjatischen Gruppe oder zu den Ewenken gehörten, zu den Inuit oder anderen dortigen Ethnien, hätte ich sie 1993 noch nicht fragen können, uninformiert, wie ich war. Ich hatte einfach keine Ahnung von dem großen Land Russland, dessen Sprache man mir persönlich anfangs vergleichsweise leicht nähergebracht, in den letzten beiden Jahren vor dem Abitur an der Carl-von-Ossietzky-Oberschule aber nur noch pädagogisch und politisch fragwürdig nicht näher-, sondern sozusagen fernergebracht hatte. Carola war also angepöbelt und beschimpft worden. Selbstverständlich hatten sie ihr das Wort »Fidschi« nachgerufen, mit dem Vietnamesen im Land hinter der Mauer bezeichnet worden waren, sogenannte Vertragsarbeiter, in Wohnheimen untergebracht und in der außerbetrieblichen Öffentlichkeit unsichtbar. Wir lebten 1993 in einem freien Land, nicht wahr? In dem freien Ückeritz betrachtete eine nicht zu übersehende Klientel Carolas kleinen Sohn und sie selbst als ungebetene Gäste.

Sie hatte beschlossen abzureisen. Wir saßen zusammen, diskutierten das am Abend und nahmen ihren Entschluss für unsere Schwäche, für unsere Feigheit. Sie hatte Angst und wollte nichts riskieren. Was ich zu dem Zeitpunkt nicht in Relation setzte, obwohl ich es im Kopf hatte, war die Bedeutung der Fernsehbilder vom August vor einem Jahr aus dem vergleichsweise nahen Rostock. Was ich mir nicht vor Augen hielt, war die Hilflosigkeit der Behörden, der Polizei schon im Jahr 1991 in Hoyerswerda, wo schließlich die betroffene Gruppe Ausländer aus der Stadt gebracht wurde. Ich wusste auch um Mölln, letzten Dezember, und um Solingen, vor Kurzem, im Mai, die Bilder des brennenden türkischen Hauses hatte ich nicht vergessen. Ich addierte allerdings das Ganze nur zusammen mit einem Seufzen, genau genommen mit einem Schulterzucken nach der Art: Wird schon werden, kann ja nicht so bleiben, wir leben in einem demokratischen Land usw. Genauere Gedanken machte ich mir nicht. Und erst recht unternahm ich nichts. Noch vor Mitternacht hörten wir es dann das erste Mal deutlich, schauten uns ungläubig an, es wurde aber noch einmal aus rauen Kehlen gebrüllt: Heil Hitler! Sommer 1993.

Ein kurzes Aufblicken zwanzig Jahre später, ich lese in einem Polizeibericht vom Mai 2013: »Über das Pfingstwochenende campierte auf einem Zeltplatz in Ückeritz (Insel Usedom) eine Gruppierung von etwa 150 Personen, von denen ein Teil dem rechten Umfeld zugeordnet werden kann. … Am 18. Mai 2013, gegen 00:20 Uhr, informierte ein Hinweisgeber die Polizei darüber, dass von einer Gruppe von etwa 30 bis 40 Personen, einzeln, aber auch im Chor, verfassungsfeindliche Parolen gegrölt worden seien. Die unmittelbar eintreffenden Beamten aus den Revieren Heringsdorf und Greifswald konnten diese Personengruppe vor Ort jedoch nicht mehr feststellen. … Bis zur Abreise der Personen reagierte das Polizeipräsidium Neubrandenburg auf diesen Vorfall mit verstärktem Einsatz im Bereich des Campingplatzes.«

Morgens nahm Carola ihren Sohn und reiste ab. Am gleichen Tag traf Irvin ein, der angehende Stiefvater meines Rasta-Sohnes, Inbegriff eines angenehmen Kerls, aus Kalifornien herstammend. Der Tag verhieß Sonnenschein pur, und wir verbrachten ihn selbstverständlich am Strand. Wir stiegen auf eine der »Wasserbananen«, einen langen gelben, aufgeblasenen Gummikörper, der von einem Boot herumgezogen wurde. Nachdem der Bootsführer die obligatorische scharfe Wende mit uns vollführt und uns ins Wasser hatte plumpsen lassen, kletterten wir wieder hoch. Es gibt ein Foto von uns, alle Mann strahlend. Wir hatten ungetrübt Spaß in Ückeritz, wir Blonden.

5

Ich hatte durchgeschrieben. Morgengrauen rückte durchs Fenster vor. Für Schlaf war es zu spät. Ich verließ das Hotel, ging kurz die Promenade entlang und nahm einen Durchschlupf zum Strand. Meine kindliche Bezeichnung für die Strandzugänge passte natürlich nicht auf die hier in Zinnowitz neuen, hochgemauerten Schleusen. Die sahen aus, als würden bald Tore oder Schranken eingebaut, um den Urlaubern an Automaten die Kurtaxe abzunötigen. Ich zog die Schuhe aus und stemmte die Sohlen in den Sand. Eine Wohltat. Vorn am Saum die feuchte Festigkeit des Bodens. Muschelbruch knirschte unter den Füßen. Ich genoss die Weite, die Leere ringsum. Positionslichter und fahle Deckbeleuchtung der Schiffe auf der Stettiner Reede verstärkten das hallende Raumgefühl. Der Himmel war weder dunkel noch hell, das Meer eine blanke Fläche. Der Mann hatte diesmal keinen Hut auf. Eine Hand in der Hosentasche, die andere an der Zigarette im Mund, setzte er unweit von mir die Frisur der leichten Brise aus, es war, als hätte ich ihn vorher nur übersehen. Er grinste: »War zu der gewissen Zeit gar nicht so schlimm, wurde nicht immerzu herumgebrüllt, war nicht immerzu Heil Hitler, gab auch Champagner. Hatten in Peenemünde viel Freude an der Technik, manchmal wie die Kinder dabei, die Herren Offiziere. Meistens aber Stress, weil wir immer wieder neue Bewilligungen brauchten für frisches Geld. Und mit versierten Fachleuten war es auch so eine Sache, zunehmend nach Kriegsbeginn, immer hart am Wind, von wegen alle UK, unabkömmlich, gestellt zu bekommen. Aber lassen Sie uns in die interessantere Gegenwart zurückkehren. Sie schlagen Haken wie ein Hase, was die Antwort auf einige Fragen Ihrer Berufsausübung angeht. Es finden sich durchaus – wie soll ich sagen? – wasserziehende Titel unter Ihren Büchern. Und zweimal taucht darunter eben auch das Zauberwort ›Vineta‹ auf.«

»Zufall, alles Zufall. Es klingt einfach gut«, wich ich erneut seiner Anmache aus und fragte: »Sie sind von hier?«

»Nein, ich wurde einmal in einer pommerschen Kleinstadt geboren, reichliche drei Autostunden von hier. Doch wie sagen Sie so schön? Es war bestimmt auch Zufall. Berlin, das war die Stadt, die das Leben prägte, eine Erfahrung, die wir, wenn auch zu unterschiedlicher Zeit, teilen.«

»Dann müssen Sie doch nicht über meinen Umgang mit ›Vineta‹ mutmaßen. Der nördliche Ausbau der Stadt in den Zwanzigerjahren, die Vergabe dazu passender nördlicher Namen. Björnson- und Ibsen-, Bornholmer und Malmöer Straße heißen sie bis heute, und so eben auch, irgendwo, Vinetastraße. Ein Straßenname, ein U-Bahnhof, ein Hinweis. Vielleicht wurde ich als Kind von dem seltsamen Namen her neugierig auf die Sage.«

Ich hatte sie parat, mit allen Facetten, die Geschichte der Stadt, und konnte sie mir selbst vollkommen sachlich hersagen: Vineta, Hafenstadt an der Ostsee, wird durch

Handel reich. Der Wohlstand verdirbt die Menschen, sie schlagen über die Stränge. Pferde bekommen goldene Hufeisen angepasst, Mauern werden mit Brotteig verfugt statt mit Mörtel. Warnzeichen erscheinen, der Untergang der Stadt wird prophezeit, doch alle machen weiter wie gewohnt. Schließlich kommt ein großer Sturm, verschlingt die Stadt und alle Bewohner mit ihr. Von Stund an liegt sie auf dem Grund der See, und ihre Kirchenglocken läuten unter Wasser. Wenn sie auftaucht an gewissen Tagen, sei sie, heißt es, zu erlösen. Ein Junge, ein Kind könne das bewirken. Die Überlieferung auch dieser Sage ist eine der Anlagerungen und Ausschmückungen um den historischen Kern herum. Der Schäferjunge, am Johannistag geboren, der die Händler und die Stadt nicht erlösen kann, weil er kein Geld bei sich hat, gehört dazu.

Ich blickte den Mann an. »Aus dem Straßenschild, das an meinem Schulweg stand, wurde irgendwann der Name für alles, was mit dem Ende der Kindheit verloren ging oder, meinetwegen, versank. Ich wollte es nicht aufgeben. Von der Übertragung auf gesellschaftliche Verhältnisse ganz zu schweigen. Von denen, also von den versunkenen, ich auf diese Art womöglich etwas aufhob? Das war, na ja, handwerklicher Pfusch sicher nicht, nur ungenauer Umgang mit der Metapher. Dass nichts von dem in der Ostsee versunken war, nur im Meer der Zeit, versteht sich von selbst. Auch nur wohl in einem kleinen Meer, in einer Art Pfütze, dem Ausschnitt aus der großen Zeit, der das eigene Leben umfasst.«

Während ich gesprochen und unversehens versucht hatte, ernst und genau zu sein, waren wir ein Stück nebeneinander hergegangen.

»Wohl gesprochen«, sagte er nun. »Sie glauben daran, in einem gewissen Sinne. Die Sage ragt Ihnen ins Leben herein. Deshalb das Ganze.«

»Ja, das mag sein. Ich habe nie tiefer darüber nachgedacht. Nun kommen Sie daher, tauchen auf aus dem Nichts, und ich beantworte Ihre Frage so, als hätte ich sie mir selbst gestellt. Ich dachte erst, Sie wären Kritiker.«

Er schmunzelte: »Kritik ist mein Hobby. Ansonsten unterhalte ich Wettbüros, Abrissunternehmen und einen Entsorgungspark. Hübsch, nicht wahr? Ich meine das letztere Wort. Lehrbeispiel für Euphemismen, wie sie üblich geworden sind.«

»Was wollen Sie dann von mir? Ich habe nie ein Wettbüro betreten, besitze weder marode noch sonstige Gebäude und komme mit meinem Müll einigermaßen zurecht.«

»Das hat sich nun so ergeben, abgesehen von Ihrer kleinen Erinnerungsschwäche von wegen ›Zufall‹. Vineta liegt auf meinem Gebiet. Was die Bewohner betrifft, ihre Hybris, im Katalog der Todsünden altmodisch Hoffart genannt, Sie verstehen? Wenn man meint, es sich leisten zu können, und die Freizügigkeit übertreibt. Turmbau zu Babel, geteilt durch Sodom und Gomorrha. Das Ganze im überschaubaren Ostsee-Format. Dem Herrn trotzdem kein Wohlgefallen, weshalb er schließlich eine ergiebige Sturzsee bemüht hat. Vineta versank in den Fluten auf Geheiß des Höchsten. Nur klappte die Sache nicht ganz. Bis heute widersetzt sich das Städtchen dem endgültigen Verschwinden und ›wafelt‹ zu jeder unmöglichen Gelegenheit vor den Touristen herum. Auch so ein schönes Wort. Man könnte sich wie die Brüder Grimm nur noch mit Märchen, Sagen und Wörtern beschäftigen, ach, das wäre ein Leben! Was die Metapher angeht, die mögliche Erlösung der Stadt vom Meeresgrund durch einen reinen jungen Menschen – auch diese wieder von bleibendem Wert. Wenn man sich auskennt. Besser als Sie jedenfalls. Das mit dem Pfusch nehme ich zurück und taufe es leichtsinnigen Umgang mit dem Material, das unsereins bereitstellt. Ich muss doch hier bitte nicht das gängige Porträt aus der Literatur zitieren, wo ich erscheinen durfte als der Geist, der stets das Böse will ... oder?«

»Wenn ich recht verstehe ...«

»Das tun Sie noch nicht, Herr K. Gestatten Sie, dass ich an diesem Punkt dringlicher werde. Als Mann von Stand kann ich zur Verbesserung Ihres Geschmacks und damit auch Ihres literarischen Stils beitragen. Wenn ich meinerseits recht verstehe, haben Sie anfangs auf das Glück gesetzt und welches gehabt. Sie waren jung, Sie hatten Erfolg nicht nur als Künstler. Ich kenne die Dame Fortuna auch. Danach haben Sie jahrelang nicht mehr investiert, sind kein Risiko eingegangen, haben nur noch den Bestand gewahrt und den nebenbei erzeugten Scherbenhaufen verwaltet, dem hie und da Gedichte entsprossen. Nun versuchen Sie es mit der Beschreibung von Umständen, das heißt, Sie räumen auf. So verstehe ich Ihren diesmaligen Aufenthalt. Meine professionelle Zuständigkeit steht außer Zweifel. Ich bin Ihr Partner. Sie können nur gewinnen. Schlagen Sie ein.«

Ich schaute an ihm vorbei aufs Wasser. Die See war ganz grün und gelb und nicht mehr so blank. Seine Einmischung in meine Angelegenheiten war umso ärgerlicher, weil er recht hatte. Nicht genug damit, dass ich vor der Jahrtausendwende ein Gedicht und einen ganzen Band mit dem Namen der versunkenen Stadt veröffentlicht hatte. Es gab auch eine jüngere Aufsatzsammlung, in der Vineta erneut »wafelte«. Darin ging es noch weniger um das kleine Ostsee-Babylon als um ein Bild für die eigene Herkunft. Kindheit, Heranwachsen, Kunstausübung und erste Liebe hatte ich Vineta zugeordnet. Warum, war mir auf einmal, vor den Fragen dieses seltsamen Zeugen, nicht nur unklar, sondern der ganze Zusammenhang unangenehm.

Das Kind in mir stampfte noch einmal mit dem Fuß auf, bevor ich sagte: »Ihr Äußeres, Herr …, erinnert mich doch sehr an einen Mann, der unweit von hier einmal gewohnt hat, Kirchstraße 7, wenn ich nicht irre.«

»Oh, ich fühle mich durchschaut, um nicht zu sagen erkannt. Sie haben mir also nachspioniert, demjenigen, der 1945 hier seine letzte Adresse auf der Insel hatte nach acht durchaus erfolgreichen und auch glücklichen Jahren?«

»Ich habe meine Hausaufgaben gemacht, wenn Sie gestatten. Sofern Sie bereit sind, Ihren eigenen Pfusch anzuschauen, schlage ich gern ein.«

»Hört, hört! Pfusch war das eher nicht, die deutsche Raketenforschung. Es war wie gesagt die Arbeit von Fachleuten, von Spezialisten, von Tausenden qualifizierten Technikern auf allen Ebenen. Dienst an der Zukunft war es sowieso!«

»Ja, das war sicher ein feiner Job, wenn Sie von den Auftraggebern und deren Zielen absehen. Und wie war das mit der Uniform für besondere Anlässe, Herr Sturmbannführer, ähm, pardon, Herr Zukunftsingenieur?«

Er hatte sein kräftiges Kinn erhoben und schaute mich unter der blonden Tolle spöttisch an: »Meine Leute und ich haben die Eroberung des Weltraums ermöglicht. Ein Menschheitsprojekt. Dass ich dazu ein paarmal auch das Kostüm gewisser Geldgeber und Unterstützer überzog, das sind Peanuts vor der Geschichte.«

»Der Herr, der Sie gegen alle Vernunft sein müssen, obwohl der echte 1977 starb, wurde, nachdem die Alliierten auf Peenemünde aufmerksam geworden waren und Bomber vorbeigeschickt hatten, auch ziemlich oft in dem KZ-Betrieb Mittelbau-Dora gesehen, nicht wahr? Die Produktion des von Ihnen entwickelten sogenannten Aggregats, bekannter unter dem Namen V2, hat fast dreimal so viele Opfer unter den Menschen gefordert, die es unter KZ-Bedingungen zusammenbauten, als in den Städten, die es traf. Sie wurden in den Tunneln im Harz gesehen. Es gibt Zeugen, Herr von Braun.«

Aus dem sinnlichen Mund meines Gegenübers murmelte es: »Wir standen im Krieg. Ich war Patriot.«

Ich musste nachdenken. Durch das Brennglas Usedom war die deutsche Geschichte des letzten Jahrhunderts auf einen Blick sichtbar. Das war eine Menge Stoff für einen Spaziergang am Strand. Ich war verwirrt. Der Vierzehnjährige, der auf der Insel einmal die grandiose Inspiration zu seinem ersten, leider wenig aussagekräftigen Gedicht geschenkt bekam, hatte vorher im selben Notizheft einen utopischen Roman begonnen. Kein Zufall. Seine naturwissenschaftlichen Interessen hatten im Zusammenspiel mit romantischen Visionen der Raumfahrt, mit Bildern aus wissenschaftlich-fantastischen Büchern und Filmen seine Vorstellung geprägt und beflügelt.

Wernher von Braun war in seiner Jugend Ähnliches widerfahren, mit unvergleichlich rasanteren Konsequenzen. Zur Konfirmation war ihm ein Teleskop geschenkt worden und das Buch »Die Raketen zu den Planetenträumen« von Hermann Oberth. Ganz sicher kein belletristisches Werk. Oberth entwickelte darin – 1923 – die wissenschaftlichen und technischen Grundlagen zum Bau von Raketenantrieben bis hin zur Idee des Ionenantriebs für Satelliten. Fortan gab es bei dem jungen von Braun kein Halten mehr. Sein Interesse am Aufbruch zu anderen Welten schlug sich zwar auch in einer mondsüchtigen Jugenderzählung nieder, mit dem schönen Titel »Lunetta«. Vor allem aber war sein Wille geweckt, den wirklichen Mond wirklich erreichbar zu machen. Der junge Konstrukteur bekam Ärger mit der Polizei wegen selbst gebastelter Raketenfahrzeuge, die er in der Berliner Innenstadt zündete und losrasen ließ. Das war der Anfang. Er führte ihn mit beeindruckender Unbeirrbarkeit über den ersten gelungenen Start einer Großrakete am 3. Oktober 1942 in Peenemünde bis hin zur Realisierung der Mondlandung amerikanischer Astronauten am 21. Juli 1969. Ich wusste nun, wessen Wiedergänger sich zu mir gesellt hatte. Ich war schon viel zu nah, viel zu tief in der Sache, um ihn nicht ernst zu nehmen. Ich streckte ihm die Hand entgegen. Er schlug ein. Wir lachten kurz auf und wendeten uns in Richtung des ersten Streifens Helligkeit, um zurückzugehen. Ein paar Schritte später war ich wieder allein. Das Brummen einer Propellermaschine lag in der Luft. Sie war nicht sichtbar.

6

Die vier Herren waren zusammengekommen in einem Raum mit ornamentverzierten Holzpfeilern und Deckenbalken, von dessen Wänden die warmen Farben flandrischer Teppiche leuchteten. Sie saßen in gut ausgepolsterten Scherenstühlen an einem frisch geschliffenen Eichentisch. Die mit Bernstein verzierten Pokale wurden gefüllt. Dazu stand in Reichweite eines jeden ein Becher, lagen Würfel und eine Schreibfeder, warteten ein Tintenfass und ein jungfräuliches Pergament. Nach den Präliminarien ergriff König Harald als Erster das Wort: »Der Herr der Christenheit, der Gott der Hebräer, das ehrwürdige Orakel und der dreigesichtige Triglaw mögen mit uns sein und den Fall der Würfel segnen, sowohl gegen die Missgunst der Welt als auch gegen den blanken Zufall.«

Der Mann ihm gegenüber, der sich durch seinen dunklen Bart, die Gesichtsfarbe, den Kopfschmuck seines Turbans sowie die fließende Geschmeidigkeit seines Gewands von den drei anderen unterschied, erhielt den ersten Wurf. Er sei von weitest her gereist, so wurde es, unter Gesten des Wohlwollens und mit hörbarem Nachschmecken des süßen, schweren Getränks, von den Mitspielern in verschieden gefärbtem Latein ausgedrückt.

»Wagen wir also etwas für die hohe Stadt, Ihr Herren!

Mein Einsatz betrage dasselbe, was ich im ersprießlichen Verkehr mit dem Ninive des Nordens das letzte Jahr verdient habe. Beginnen wir dieses große und ernste Spiel, das die Notwendigkeit uns abverlangt.« Der König, der steif dasaß in seiner übergroßen Brünne, reckte den Bart über den metallenen Kragen und keuchte zustimmend. Er war vor Kurzem in einer Seeschlacht verwundet worden. Das Orakel hatte verkündet, damit er ins Himmelreich käme, müsste der ihm zum Sterben bestimmte Ort einen einzigen, gültigen Namen tragen. Sollte das nicht gelingen, wäre der Platz wie er selbst der ewigen Verdammnis anheimgegeben. Nun hieß aber die Stadt, in der es hier mit ihm zu Ende ging, in jeder Sprache, in der von ihr die Rede war, anders. Sogar ihre Einwohner selbst nannten sie unterschiedlich, jedes Völkchen in seiner eigenen Mundart. Das waren ganz erstaunlich viele. Jumne, Jumneta, Weltaba, Julinum, Wollin oder Vineta war so berühmt, dass bei jeder neuen Namensnennung doch klar blieb, wovon die Rede war.

Hafen und Handelsplatz hatten sich zu einem offenen, freien Markt der Völker entwickelt, wuchsen ununterbrochen und litten nicht eben darunter. Hier war ein jeder Fremde willkommen, wenn er die einfachsten Regeln einhielt. Wer Handel miteinander treibt, der schlägt sich nicht die Köpfe ein, hieß es hier im Unterschied zu anderen Gegenden des Kontinents, wo anderes gang und gäbe war. Für den weiten Kreis der Christenheit im Westen und im Osten galt die Stadt daher als ein frivoler Ort. Von den Priestern dieser und jener Konfession wurde sie gern ein Sünden-Babel genannt, und die jeweiligen Gemeindeglieder wurden zu allen möglichen Gewalttaten gegen die Stadt aufgefordert. König Harald hatte unter dem Druck des Papstes sogar eine Zeit lang erwogen, die von ihm aufs Meeresufer gepflanzte Jomsburg in ein Kloster umzuwandeln. Davon konnte nach seiner Niederlage nun sowieso nicht mehr die Rede sein. Dass er ein Orakel zurate ziehen musste, lag am Sieg der Wikingerstreitmacht seines Sohnes Sven über ihn und seine Leute, aber auch an der, wie er fand, lebendig gebliebenen Grundlage seines Glaubens. Als Herrscher hatte er für die Dänen vernünftigerweise die christliche Religion angenommen. Doch was scherte das jetzt, wo sein letztes Stündlein bevorstand?

Aller Blicke richteten sich auf den Becher, den Ibrahim Ibn Jakub nun anhob und zu schütteln begann. Es gab einen guten Klang. Der Kaufmann aus Córdoba murmelte etwas. Die anderen am Tisch hätten nicht sagen können, ob es eine Koransure oder Verse aus den Psalmen Davids waren. »Die Neun für einen guten Namen«, erklärte er, schrieb denselben auf und übergab das Blatt dem Zeremonienmeister.

Die Ehre des nächsten Wurfs stand fraglos Mstiwoi zu, dem ehrwürdigen Sohn Nakons, Führer der Völker und nebenbei Schwiegervater des verwundeten Königs. Er schwor auf den Großen Gott Zuarasici, ließ seine Schimmelstute dreimal um den Tisch herumführen, rückte sich das Stirnband zurecht und stürzte den Becher mit den Würfeln auf den Tisch. Bevor er ihn aufhob, sagte er durch das Latein des Dragomans an seiner Seite: »Mein Einsatz sei mein Pferd, entsprossen der heiligen Herde von Rethra.« Das wollte etwas heißen für einen slawischen Fürsten, dem die Rituale des genannten

Heiligtums Gesetz waren. Und daraufhin: »Die zweite Neun für den besseren Namen.« Auch das von ihm mit dem Namen seiner Wahl versehene Blatt wurde verwahrt.

Der König war ächzend aufgestanden. Er wandte sich an den vierten Mann am Tisch, nun seinerseits die Würfel sprechen zu lassen, einen jungen Bischof, dessen Würde sichtbar war an der Kopfbedeckung und dem Krummstab, den der Mönch hinter seinem Stuhl wie eine Schildwache hielt. Sein golddurchwirktes Gewand bildete einen seltsamen Kontrast zu der Einfachheit der Insignien. Er stammte aus gutem Hause und zeigte es. Die Vokale seines Lateins hatten eine vornehme sächsische Färbung. Ausgesucht höflich lehnte er das Anersuchen des Königs ab. Derselbe sei vom Rang, vom Lebensalter und von aller Erfahrung her, die in seiner Person wie auch in jenen der beiden anderen hohen Herren hier am Tische versammelt sei, ihm überlegen. Es stehe ihm als Mönch, als bescheidenem Diener des Stuhls Petri und geringstem Untertanen des teutschen Kaisers nicht an, ihm den Vortritt zu nehmen.

Der König plumpste in die Polster zurück. Die Ansprache durch den jungen Würdenträger, den er heute das erste Mal sah, war Balsam für seine Seele. Wohl entsprachen die Worte der Konvention. Doch stand ihm die Ehrerbietung, die sich darin ausdrückte, ganz und gar zu für das Werk seines Lebens. Sie war das Gegenteil dessen, was ihm vor Kurzem der abtrünnige Spross seines eigenen Bluts angetan hatte, den er im Alter des Bischofs wusste. Er fühlte die Genugtuung körperlich. Die Schmerzen ließen nach. Er war ein König ohne Land, ein Flüchtling sogar vor den Insassen der Jomsburg, die er selbst hatte erbauen lassen. Und doch, wer weiß, was das Orakel noch vermochte, wenn schon diese Zusammenkunft ihn gewissermaßen ins Recht setzte? Die Geschichte würde über die Verirrung seines Sohnes hinweggehen, und er, Harald, würde triumphieren. Bei diesem Gedanken zog er mithilfe des Kriegsmannes, der zu seiner Linken stand, eines der wenigen verbliebenen Getreuen, sein Schwert aus der langen Scheide. Die Damastklinge reflektierte das Licht in einem klaren Blauton. »Mein Einsatz«, rief er in großer Erregung, »sei mein Schwert. Von Norwegen bis zur Normandie gefürchtet, bin ich mit ihm zweier Länder König und Herr über ein großes Reich geworden!«

Sein Leibwächter zog ihm den Würfelbecher heran. Mit bebender Stimme sagte er, als die Würfel zum Stillstand kamen: »Die dritte Neun für meiner Zuflucht Namen.« Auch er schrieb den von ihm gewählten Namen auf, Seesand wurde über den Schriftzug gestreut, die Rolle verwahrt.

Nun kam das Glück an den Bischof. Sein Gesicht, als einziges in der Runde glatt rasiert, zeigte keine Regung. Ohne Zögern griff er nach dem Becher. Der Bischofsring blitzte auf. Von dem darauf prangenden Edelstein ergoss sich einen Augenblick lang ein tiefes Blutrot über die Fläche des Tisches. Seine Höflichkeit, mit der er noch eben König Harald den Vortritt gewährt hatte, war verflogen. Kalt musterte er einen nach dem anderen der um den Tisch sitzenden Männer, während er genau dreimal den Würfelbecher schwang. Unwillkürlich zog es ihm die Lefzen hoch, als er das Ergebnis seines Wurfes sah: »Die siegreiche Zwölf für den Namen, den letzten, und dass sonst nichts bleiben möge. Vineta, Vineta, o urbs dives! Vineta pereat quia multa mala fecit.« Ich, der ich heimlich und bang zusah und zuhörte, kannte den Fluch bisher nur auf Plattdeutsch: »Vineta, Vineta, du rieke Stadt, Vineta sall unnergahn, wieldeß se het väl Böses dahn!« Der gelehrte Händler, der ehrwürdige Slawenfürst und der verwundete König hatten sich erhoben, ihre Dienstleute dicht um sich.

Doch woher sie auf einmal in der Übermacht gekommen waren und wie immer es geschah: Eine bischöfliche Wache hatte schon das Schwert vom Tisch weg gegriffen, vier weitere trugen eben die Schatulle des Händlers davon, und Mönche führten das heilige weiße Pferd aus dem Saal. Die Flügeltür des Ausgangs war fast zu eng für das Gedränge, das nun entstand und das der Würde der Beteiligten keineswegs entsprach. Wie es vor meinen Ohren erstorben war, stahl sich das Latein auch wieder aus meinem Kopf davon. Ich hörte die vertraute Stimme Luthers aus einem viel späteren Jahrhundert. Was die Stimme dieses Mönchs von so anderer Art sprach, war das Wort des genialen Übersetzers, und es gemahnte mich an das Buch, in dem alles schon vorgezeichnet stand: »Und alle Schiffsherren und der Haufe derer, die auf den Schiffen hantierten, und Schiffsleute, die auf dem Meer hantierten, standen von ferne und schrien, da sie den Rauch von ihrem Brande sahen, und sprachen: Wer ist gleich der großen Stadt?, und sie warfen Staub auf ihre Häupter und schrien, weinten und klagten und sprachen: Weh, weh, die große Stadt, in welcher reich geworden sind alle, die da Schiffe im Meer hatten, von ihrer Ware! denn in einer Stunde ist sie verwüstet.«

Das Wasser stieg langsam und still. Erst sah ich es nicht, weil ich nichts hörte, wie betäubt nach dem tumultuarischen Ende der Szene. Obwohl der Raum menschenverlassen war, presste ich mich noch immer an die Wand. Hier und da schwebte schon eine Alge über die Dielen, schaukelte ein leeres Schneckengehäuse, trieben ein paar Quallen. Die Ostsee holte sich ihre Stadt zurück. Ich hatte, nachdem Vineta aufgetaucht und ich hereingegangen war, wie schon das letzte Mal den Markt verfehlt, war durch enge Gassen, niedrige Türen, Gänge hierhergeraten und unfreiwillig Zeuge des Spiels um den Namen geworden. Dabei hatte ich nicht nur eine Münze dabei, hatte sehr darauf geachtet, war vorbereitet gewesen, mein Glück zu versuchen als ein am Johannistag Geborener. Als ich begriff, dass es ernst war mit dem Wasser, und mich eilig davonmachte, lag die Stadt verlassen in Dunkel und Stille. Ich wusste das Tor, durch das ich hierhergelangt war, oberhalb. Rasch war ich, pitschpatsch, dem Wasser durch die leeren Gassen davongelaufen. Ich erreichte das Stadttor. Wie von Geisterhand bewegten sich seine großen hölzernen Flügel aufeinander zu. Ich schlüpfte eben noch hindurch und landete irgendwo zwischen den Ufern der Peene und denen der Dievenow, nicht sicher, ob auf deutschem oder polnischem Grund. Jedenfalls auf trockenem. Von dem, was hinter mir lag, war keine Spur mehr vorhanden auf der weiten Fläche der See.

Trocken waren auch meine Gedanken. Es war vorbei mit dem Glockenläuten aus der Meerestiefe. Es hatte sich mit den Segeltörns der Fantasie in seichten, inselnahen Gewässern. Meine Sehnsucht nach einer Rolle in dem Spiel um Vineta war mir mit der Jagd nach den historischen Umständen endgültig vergangen, unabhängig davon, wofür die Metapher in meiner eigenen Geschichte gestanden hatte oder noch stand. Der Kerl, der mir in Zinnowitz erschienen war, hatte recht. Womöglich würde er gleich mehrere andere Geister austreiben, die sich im Namen der sagenhaften Stadt in meinem Hirn und wo nicht sonst noch versammelt hatten und den Schreibtisch jahrelang besetzt hielten, verheerten und versehrten. Es war ja nicht irgendein schwacher Moment, in dem ich sie hatte nahe kommen lassen. Sie hatten sich über einen langen Zeitraum eingeschlichen, eingenistet. Sie waren von ihren angestammten Schauplätzen an der Ostseeküste in das Berlin meiner Kindheit und Jugend hereingeschlämmt und bei mir angeschwemmt worden. Einmal drinnen, hatten sie für etwas gestanden, das sonst keinen Namen hatte. Vineta ist ein hörbar schönes Wort. Nicht nur mit dem Anklang an Venedig, es ist auch ein gewendetes Ave-Maria. Vineta hatte in meinen Fantasien von vornherein den Namen des berühmteren im Meer versunkenen Atlantis verdrängt. Mein »verlorener Ort«, mehr oder minder kühn aus der Geschichte des Mittelalters hergenommen, bekam diesen Namen und trug ihn bis in die jüngste Vergangenheit.

Der Gedanke, wo die reale Stadt oder eine, für die der Name steht, gelegen haben mag, hat mich nie umgetrieben, die Verbindung zu konkreten Örtlichkeiten an der Ostsee wie, mit gewisser Selbstverständlichkeit, Usedom oder den ihm vorgelagerten Untiefen war mir gleichgültig. Der historische Kern und damit die Lokalisierung, das Aufweichen und Auflösen der Sage in Archäologie mit dem Ziel der Inbesitznahme und touristischen Wertschöpfung hat für mich, offen gesagt, etwas Irritierendes. Gewinnt die Sage etwas dadurch? Wie geht es einem, der am Schluss sagen kann: Hier, hier war es wirklich? Ein Beispiel: das Denkmal eines großen Helden aus einer großen Sage, das des Hagen von Tronje in Worms, und dazu die Nibelungen-Festspiele. So etwas kann dem Freund von Mythen, Sagen, Märchen, von mittelalterlichen Versen und tragischen Menschengeschichten einen bösen Schluckauf bereiten. Wo wirkliche Geschichte allemal genug hergäbe, wo die Sage nun aber die Bilder liefern muss, mit denen die Promenaden geschmückt werden, regiert am Schluss der Kitsch. Hebbels Drama »Die Nibelungen« ist ein gewaltiges Stück und sicher kaum kleinzukriegen. Was daraus wird, wenn es mit Feuerschluckern, echten Tieren und einer Menge Spaß im Freien aufgeführt wird, der Titel mal eben erweitert um die Pop-Formel »Born to die«, das kann selbstverständlich ein richtiges Freiluftspektakel sein. Auch Shakespeare hat bekanntlich Hexen-, Clown- und Action-Szenen geschrieben. Und der geneigte Zuschauer wartet bei der Aufführung von Verdis »Aida« in den Caracalla-Thermen auf den Streitwagen mit echten Pferden, auf die echten Kamele, das hat schon etwas, doch dann will er lieber gehen, weil die ringsum Sitzenden kleine batteriebetriebene Ventilatoren gegen die Hitze anschalten …

Wo waren wir stehen geblieben? Vor den Toren der versunkenen Stadt, die am 24. Juni denjenigen sichtbar werden kann, vor denen wafelt, die an dem Tag Geburtstag haben und eingeladen sind, den Bann, der den Ort unter Wasser hält, durch Einsatz einer Münze aufzuheben. Der

Rauch von Johannisfeuern vom Land her mag die Erscheinung trüben. Die Forschungen nach der wirklichen und wahrhaftigen, der historisch nachweisbaren Stelle, wo Vineta ausgegraben oder wieder heraufgeholt werden könnte, werden sicher auch dann nicht enden, wenn Nachfahren Schliemanns alle Erhebungen von Wollin umgegraben haben werden und die Schichten ähnlich ausführlich durchnummeriert sind wie auf dem Burgberg des antiken Troja. Dass besonders zielstrebig ausgerechnet in großdeutscher Zeit Grundlagenforschung mit dem Spaten getrieben wurde, kann eigentlich nur auf einem Missverständnis beruhen. Was immer wir von der Stadt wissen, sie war vor allem ein Zentrum westslawischer Völker und ein offenbar sehr freigebiger Marktplatz für Menschen und Waren aus allen Richtungen der Welt, »für Slawen, Griechen und Barbaren«. Gerade deshalb wurde sie ja immer wieder Ziel von Belagerung, Ausplünderung, Brandschatzung durch gierige Wikinger oder später, sagen wir zu der Zeit, als zum Kreuzzug gegen die Wenden aufgerufen wurde, durch beutelüsterne Christenmenschen, im vorliegenden Fall aus Dänemark, und zwar, heißt es in der Geschichte der Stadt Wollin, auf besonders dramatische Weise Anno Domini 1173, im Vorfeld des sogenannten Wendenkreuzzugs. In der Tat kann diese Jahreszahl auf den Untergang Vinetas gemünzt werden. Ansonsten gönne ich dem Fluss, der Oder, ein ganzes früheres Mündungsdelta, in dem Peene, Swine nebst Kaiserfahrt und Dievenow allemal ihren Platz behalten, ich gönne jedem Ort an jeder durch Luftaufnahmen nachweisbaren früheren Mündung einen ausreichend großen Happen vom Vineta-Kuchen.

Poetisch hat das alles keinen Wert. Da genügt das Fragment, das großartige, da sehen wir die Abfolge von verdientem Wohlstand, Neid der Nachbarn, ersten Warnzeichen und schließlichem Untergang. Das Goldene Zeitalter hat sowieso keinen Bestand auf dem Menschen zugänglichen Erdenrund. »Vorerst«, heißt es bei Hesiod, »schufen ein goldnes Geschlecht hinfälliger Menschen sie, die unsterblichen Götter ...« Und wenn die jeweils Heutigen aufbrechen, die ideale Weltgegend – in der Regel eine Insel – zu besiedeln, das heißt zu erobern, dann liegt sie noch immer jenseits der bekannten Welt, hinter den »Säulen des Herkules«, im nie erreichten Eldorado oder auf den Glückseligen Inseln der Fantasie eines Schriftstellers. Selten ist sie real wie für die Meuterer der *Bounty* oder den Maler Paul Gauguin. Sonst gehört sie nicht der Körper-, sondern der Geistesgeschichte an, dem Reich der Vermutungen, der Projektionen, der Spekulationen, vielleicht der Hoffnungen, und am Ende noch immer der Poesie. Und damit hat sie auch eine Stammesgeschichte. Die Wurzel des Ganzen – und somit auch der Sage von Vinetas Reichtum und selbst verschuldetem Untergang – reicht weit hinab in die unerschöpflichen Tiefen heidnischer Mythologie, in den uralten Gedächtnis-Schatz der Menschheit. Daher bezieht auch der Garten Eden seine Umfriedung und seine Pforte, die selbstverständlich älter sind als alle Alphabete der menschlichen Schrift. Und lag nicht auch das Paradies – irgendwie-gewissermaßensowieso – auf einer Insel?

7

Das Sentiment war weg. Versandet am endlosen Strand von Usedom. Ich drehte mich um. Schaute auf das Meer. Tat gut, etwas zu sehen, das keine Metapher war, kein Bild von gar nichts. Die Natur hinzunehmen war möglich. Vielleicht sich selbst klein zu fühlen, aber vielleicht auch wieder nicht. Lag es nicht auf einmal zum Greifen nahe, am rechten Ort zur rechten Zeit zu sein? Das sprachlose Gegenüber der Weite von Meer und Himmel und dem sich hinziehenden, schier endlosen, sanften Profil der Küste einfach nur hinzunehmen, ohne dass man gleich wissen musste, welche Eiszeit wann und was hinterlassen hatte, wie hoch der Salzgehalt in See und Luft war und würde. Einatmen. Ausatmen. Nur einatmen. Nur ausatmen. – Es fällt nicht leicht, im Banalen und zugleich Grausamen, in der Schönheit und Lächerlichkeit, in der wortwörtlichen, also in genau der umfassenden, immensen, unausweichlichen Alltäglichkeit anzukommen, die da heißt Gegenwart. Es bewusst zu tun. Sie zu erfahren und sich klarzumachen, was das bedeutet, jetzt.

Dies alles dachte der Schriftsteller, nachdem der Junge aus Vineta zurückgekehrt war, der Erwachsene, nach dem Traum, in dem er ein Junge gewesen war. Wie beweglich und aufmerksam dieser dahergekommen war! Und wie von Erinnerungen und Bedenken gelähmt trotz der Ernüchterung derjenige, der sich hier am Ostseestrand wiederfand. Die Anwürfe des Herrn Ingenieurs, wenn sie das Handwerk betrafen, gingen mir gegen die Ehre. Lange Zeit einem ungenauen Denken verfallen gewesen zu sein, das unter der sagenhaften, sagen*umwobenen* »Hausnummer« Vineta Urstände feiern konnte – es so zu erkennen machte mich für den Moment ratlos. Das Titelgedicht aus dem Gedichtband »Vineta« von 1998 endet: »Wir sind versunken. / Ein jegliches Alter hat seine Zeit, da es sinkt und da es noch schneller sinkt. / Die Stadt heißt Vineta, sie liegt weit im Osten Europas, die / Glocken läuten zur gewohnten Zeit, doch in dem Schweigen / kommt das Geläut nicht weit.« Es memoriert Umstände einer kollektiven Biografie. Doch schon mit dem »Wir« ist es fragwürdig. Und jenes Schweigen, das offensichtlich beklagt wird, worauf liegt es? Auf der sentimental eingewickelten Herkunft und auf Erfahrungen, die ihr Verfallsdatum überschritten haben? Ich verstand den eigenen Klageton nicht mehr. Dieses kleine, große Usedom hielt mehr für mich bereit als weiße Kulissen vor blauer See.

Obwohl auch die etwas erzählen. Nehmen wir das Kaiserbad Bansin und gehen zurück in das Jahr 1917. Die Deutschnationalen wurden gegen Ende des Kriegs, kriegsversehrt oder nicht, deutlich leiser. Dezimiert waren sie sowieso um diejenigen, die sich begeistert als Freiwillige gemeldet hatten. Das Kind Hans Werner Richter, der spätere Schriftsteller, gerade neun Jahre alt, hatte schon einiges erlebt mit seinem Onkel. Zwischen der Sozi-Familie des Vaters, der Fischer war, und dem monokeltragenden Offizier bestand eine stabile Hassliebe. Wie oft hatten sie ihn schon vor die Türe setzen wollen. Aber jeden Sommer reiste er wieder an aus Berlin, und immer war es ein großes Hallo und meistens ein großer Spaß, wenn er den mehr oder minder adligen Damen auf der Promenade und beim Tanztee den Hof machte, wenn das große Schluchzen bis vor die Tür des Fischerhauses drang.

Etwas anderes hatte es auf sich mit dem Mann auf dem modernen Fahrrad, mit diesem Amerikaner, der im Sommer immer hier unterwegs war mit seinen Zeichenutensilien. Es sah so aus, als wollte er sich unsichtbar machen, der schlanke Mann, wenn er sich irgendwo in den Dörfern, in Benz oder nebenan in Neppermin, in dem nach damaligen Ansprüchen unattraktiven Hinterland der Kaiserbäder, in Gothen, in Zirchow hinstellte, die Kirchen, insbesondere ihre Türme, aber auch jede Menge anderer Dorfansichten zeichnete oder aquarellierte oder vielleicht gerade hier am Ort auf der Seeseite der Düne saß und die Leute am Strand witzig, grotesk verzerrt skizzierte. Den hatte der Schriftsteller zwar nicht in den ausführlich dargestellten Mikrokosmos seines unerhört langsamen, offenbar dem Zeitgefühl eines Pommern entsprechenden Romans »Spuren im Sand« hineingeschrieben, aber das Kind Hans Werner hätte ihm durchaus begegnen können. Lyonel Feininger wird auffällig genug gewesen sein, schon mit seiner eigenartigen Haltung auf dem Fahrrad, wie ein Rennfahrer. Es heißt, seit 1908, dem Jahr seiner Hochzeit mit Julia Berg und des Umzugs mit dem einjährigen Sohn Andreas von Paris nach Berlin, oder spätestens dem Jahr darauf und dann regelmäßig, sei er hier in der Gegend unterwegs gewesen, vom bürgerlichen Heringsdorf aus. Allerdings hatte er einiges durchzustehen, nachdem die Vereinigten Staaten von Amerika im Frühjahr 1917 Deutschland den Krieg erklärt hatten. Die kaiserliche Flotte hatte mit völkerrechtswidrigen Angriffen auf zivile Schiffe lange genug provoziert. Feininger, deutscher Abstammung und immerhin seit seinem sechzehnten Lebensjahr, seit 1887, vor allem in seiner Wahlheimat Deutschland unterwegs, wurde als amerikanischer Staatsbürger eine Zeit lang bei Berlin interniert. Zum Glück hatte er längst einflussreiche Künstlerfreunde in der Stadt, konnte trotzdem Einladungen wahrnehmen, und das Ganze hatte bald ein Ende. Der September desselben Jahres bescherte ihm dann die erste Einzelausstellung in Herwarth Waldens berühmter Galerie »Der Sturm« in Berlin.

In demselben Jahr 1917 malte Feininger in deutlich expressionistischem Stil einen Dampfer, dessen prächtiges Original das Kind Hans Werner auch kannte, das überhaupt jedes Kind an den Urlauberküsten Pommerns und Vorpommerns kannte. Der Dampfer hieß *Odin*. Wenn nicht just im Kriegseinsatz, brachte er nach Fahrplan Passagiere von Stettin nach Rügen, dampfte also direkt vor den Nasen der Luftschnapper auf Usedom vorbei, und er legte auch hier an. Das Bild »Steamer Odin« ist, mit Verlaub, eines der wildesten des Malers. Der »Leviathan«, wie es im Untertitel heißt, durchpflügt die aufgewühlte See von links unten nach rechts aufwärts, zwei Drittel des Bilds besetzt er als eine maulaufreißende Bestie mit aufgesetzten, glühenden Augen. Die Wasser vor ihm sind blutbraun, der Gischt giftig grün. Das Ganze wäre durchaus lesbar als ein Kommentar zum Gang der Zeit, zum Krieg, auch wegen des Namens des requirierten zivilen Dampfers, germanisch genug. Doch wer sind die beiden Figuren rechts und links des wild gewordenen Schiffs, die die Fahrt durch die aufgepeitschte See rahmen wie annähernd menschliche Palmenbäume, leicht geneigt, die linke von beiden dunkelblau bis schimmelgrün, nicht einfach zu erkennen, diejenige rechts lichtblau, der Körper in der Mitte zerrissen, doch ansonsten strahlend, eindeutig konturiert? Sie fassen die Szene ein wie zwei Teile eines aufgezogenen Bühnenvorhangs. Wollen wir eine Ableitung vom Untertitel des Bildes wagen? Dann sähen wir links, aus gutem Grund ungenau, den Schöpfer des Leviathans wie aller Welt, den Gott des Alten Testaments, der »aus dem Wetter« spricht. Und rechts träfen wir seinen vielfach versuchten und geschundenen, doch frommen Knecht Hiob. Der Farbe nach müsste es andersherum sein, müsste die himmlisch blaue, leichte Figur die göttliche sein, doch spricht dagegen, dass sie auf der Erde steht, auf angeschnittener runder Form wie eines Findlings, verziert mit der Signatur des Malers. Die linke Figur schwebt über den Wogen und ragt tatsächlich in »das Wetter«, in zerzauste Wolken, die in der linken oberen Bildecke dräuen:

»Des entsetzt sich mein Herz und bebt. O höret doch, wie sein Donner zürnt, und was für Gespräch von seinem Munde ausgeht«, lesen wir im Buch der Bücher, und weiter: »... der Herr antwortete Hiob aus dem Wetter und sprach: Wer ist der, der den Ratschluss verdunkelt mit Worten ohne Verstand? Gürte deine Lenden wie ein Mann; ich will dich fragen, lehre mich.« Der Leviathan in der Mitte geriert sich genau so, wie es geschrieben steht: »Aus seiner Nase geht Rauch wie von heißen Töpfen und Kesseln. Sein Odem ist wie lichte Lohe, und aus seinem Munde gehen Flammen. Auf seinem Halse wohnt die Stärke, und vor ihm her hüpft die Angst.« So heißt es. Doch nicht so gibt es das Bild wieder, wenn es überhaupt von Derartigem wissen will. Die rechte Figur, hellblau und doch menschlich, weil auf dem Boden stehend und den Elementen gleichsam entspannt lauschend, sie repräsentiert in ihrer Haltung manches, nur nicht Angst. Wenn sich hier etwas an den biblischen Auftritt des Leviathans anlehnt, konterkariert es diese Figur ausdrücklich. Sie demonstriert das Gegenteil von Furcht, Verzweiflung, Zorn, schließlich Zweifel und Aufruhr, wie sie Hiob durchlebte. Sie steht mit dem Rücken abgewandt von der See, von dem Brüllen, aber auch von dem Gleichnis. Die Art, wie sie in dem Bild ist, es rahmt und gestisch hinter sich lässt, das Gebrüll des Leviathans von sich weist, sich diese Jacke des Terrors nicht überwirft – das ist eine erstaunliche Haltung der Kunst zur Welt.

Ich male, was ist, ich weiß, dass mein Handwerk davor besteht, ich bin erhaben. Das Bild könnte, von dieser Figur her, von rechts nach links gelesen und wieder zurück, auch heißen: Noli me tangere, Rühr mich nicht an! Es könnte Abstand, Unverbundenheit bis zur Arroganz signalisieren. Gelassenes, schönes Schweigen konfrontiert das Brüllen der Zeit mit sich selbst. Und der Teufel hätte die Wette mit Gott verloren (»Der Herr sprach zum Satan: Siehe, alles, was er hat, sei in deiner Hand; nur an ihn selbst lege Hand nicht«) in der Figur dieses riesengroßen, souveränen Hiob, dessen Haltung, der biblischen

Thematik entrückt und einer nur geringfügigen, willkürlichen Operation des Betrachters unterzogen, auch jener der Proszeniumfiguren in Darstellungen der Commedia dell'Arte entspricht. Es handelt sich um solche, die einst den Romantiker E.T.A. Hoffmann inspirierten, einen Mann der Musik, der Dichtung, der Malerei und des Theaters, der vielen Talente, wie Feininger. Man vergleiche – und das ist wirklich ein Spaß – die großen Figuren auf der Grafik »Les deux pantalons« von Jacques Callot von 1616 mit denen auf Feiningers Bild. 1917 war der Maler noch nicht seiner Zeit als Cartoonist entwachsen, das würde er, wenn wir uns die oft alle Proportionen sprengenden Gestalten in Vordergründen seiner Gemälde anschauen – Aufrührer oder wild Musizierende oder Flanierende –, vielleicht nie sein.

Ich kann selbstverständlich durch den Bilduntertitel hindurch auch den anderen Leviathan sehen, die Dampfschiff-Reinkarnation des weißen Wals, mit dem Ahab untergehen wird, der grausame Kapitän aus »Moby Dick«. Gern bleibt auch dies hier stehen.

Die Seestücke von Lyonel Feininger sind Legion. Schiffe, Dampfer, Großsegler und sehr viele elegante Boote, eine gemalte, gezeichnete und grafische Dauer-Regatta zieht über seine Bilder hin, neben den, schon bei oberflächlicher Begegnung mit seinem Werk, rasch vertrauten Stadt- und Dorfansichten, neben den Architekturen, insbesondere den Türmen der Kirchen von Benz, von Ribnitz, Lüneburg und Neubrandenburg bis nach Halle an der Saale, Gelmeroda und Markwippach. Faszinierend, dass die von Benz, die bescheidene Usedomer Dorfkirche, offenbar das erste und das letzte Gotteshaus unter den vielen ist, die Feininger mit Stift und Farbe verewigt. Er ist kein Maler der eigenen Biografie. Zwar kennen wir Briefe von ihm, wissen um sein Familienleben, auch, dass er selbst schwimmfähige Modellboote gebaut hat, teils gemeinsam mit seinen Söhnen, dass er sich bei Schiffsrümpfen und Feinheiten der Takelage auskannte. Aber in den Bildern ist etwas anderes. Sie zielen mit ihren Spitzen woandershin. Und sie kommen unabhängig von dem aktuellen Abbild stets von einem anderen Grund her. Es war der Hafen von New York City, der das Kind dem Wasser und den Schiffen nahebrachte, den Schaufelradschleppern zum Beispiel, die es dort, auf dem Hudson und auf dem East River, gab. Der junge Mann, der 1887 auf dem Dampfschiff *Gellert* der Hamburg-Amerikanischen Packetfahrt-Actien-Gesellschaft (HAPAG) einschiffte, weil er seine Ausbildung zum Musiker im Herkunftsland Bachs weitertreiben sollte, auch nach Maßgabe seiner Eltern, eines Violinisten und einer Sängerin, ging nach der Überfahrt an Land und begann gewissermaßen vom Schiff herunter (wenn auch nicht, ohne die Erlaubnis seines Vaters eingeholt zu haben) an der Hamburger Gewerbeschule *Kunst* zu studieren.

Was hat ihn dazu bewogen? Das Meer, fantasiere ich, was sonst? Er spielte Geige und Klavier, er hatte Auftritte hinter sich, er würde in der Bach-Stadt Leipzig studieren … Der Anblick der Geburtsstadt New York vom sich weitenden Wasser aus, ihr Versinken hinter dem Horizont und die Erfahrung der Absolutheit desselben Horizonts als Grenze der Welt bei einer Seereise, als dem irdischen Auge erlebbare planetarische Linie, als einzige

Linie von diesem Ausmaß überhaupt für einen, dem die Linie danach so viel bedeuten wird. Dazu der Himmel über dem fahrenden Schiff, die Farben des Wassers des Ozeans, eine lange Woche später jene der Nordsee, schließlich die Reise elbaufwärts bis zu den Landungsbrücken von St. Pauli – so könnten wir das abrupte Halsen von Lyonel Feiningers Lebensboot, den Wechsel von einer Seite der Kunst zur anderen, erklären. Wir könnten uns auch vorstellen, wie das Alleinsein war zwischen den Kontinenten. Der junge Mann hielt vielleicht gar nicht großartig Ausschau über die Reling. Er zeichnete vielleicht stattdessen dieses und jenes Technische, wie er es schon vorher getan hatte, namentlich Lokomotiven. Er lauschte, stellen wir uns vor, auf die Maschine des Schiffs und betrachtete sie, sooft es möglich war. Im Wesentlichen, vor allem anderen blieb er ganz bei sich, und so traf er seine Wahl. Die Musik ging dem nachmals berühmten Maler nie verloren. Er spielte weiter seine Instrumente, Geige, Klavier, Orgel. Es gibt einige Fugen von seiner Hand. Ohne die lebenslange Auseinandersetzung mit dem Kontrapunkt, mit der Präzision und Dynamik Bachs hätte auch seine Kunst anders ausgesehen. Was diesen Maler auszeichnet, geht nicht in dem schlichten Begriff einer Mehrfachbegabung auf. Vor liegt die Synästhesie von Linien, von Schnittflächen, das saubere Ausarbeiten der Fuge als Haltung. Sein Werk ist, von der spielerischen Feinheit der Cartoons und ihrer Erfindungen an, mit denen es professionell begann, von faszinierender Zielstrebigkeit.

Ein erneuter Zeitsprung von zehn Jahren führt uns den Ostseedampfer *Odin* ein zweites Mal vor die Augen. Der Maler sieht das gleiche Schiff noch einmal, jedenfalls malt er es 1927 noch einmal, wenn wir dem Bildtitel glauben, das heißt also erst recht: Er *sieht* das Schiff noch einmal. Ort und Umstände haben sich geändert. Und deutlich die Malweise. Zwischen »Steamer Odin (Leviathan)« und »Steamer Odin II« liegen Welten der Kunst. Feininger ist auf Einladung von Walter Gropius wie seine Kollegen Paul Klee, Wassily Kandinsky und Oskar Schlemmer Bauhaus-Meister geworden, einer der ersten, 1919. Vor Kurzem hat er den Umzug des Bauhauses von Weimar nach Dessau und dessen Neubau miterlebt. Im selben Zeitraum, 1924, stellen Jawlensky, Kandinsky, Paul Klee und er als »Die blauen Vier« gemeinsam in New York aus. Die vorlesungsfreie Zeit verbringt er vielfach an der Ostsee, lange Sommer in Deep (heute Mrzeżyno). Von Heringsdorf dorthin wäre es eine Wanderung von drei oder vier Tagen, 90 Kilometer die Küste entlang. Vielleicht ist es ruhiger als im Umkreis der Kaiserbäder. Der Maler hält sich hier mit der Familie auf, oder er schreibt seiner Frau lange Briefe, wenn er allein ist und arbeitet. Sein Selbstverständnis als Künstler treibt ihn um, so bekennt er zum Beispiel am 2. August 1927: »Ich male kein Bild mit dem Vorsatz, eine ästhetische Leistung hervorzubringen, auch denke ich nicht an Bilder im herkömmlichen Sinn. Tief aus meinem Inneren rührt der fast schmerzhafte Drang nach Umsetzung innerer Erfahrungen, und bisweilen überfällt mich ein übermächtiges Verlangen, eine unmögliche Sehnsucht zurück, sie aus dem längst Vergangenen ans Licht zu holen. Ist daran etwas falsch? Im ›Jetzt‹ bin ich einzig befasst mit dem Arbeits-*Prozess*. Das ›Vergangene‹ sorgt für den Anstoß. Deep erlöst mich …«

»Odin II« entstand genau in dieser Zeit. Wo immer Feiningers mystisches Schiff herkam, der Dampfer, dessen Namen er ihm gegeben hat, fuhr hier tatsächlich vorbei. Oder er stoppte sogar an der Treptower Regamündung, wenn er seinen Passagierdienst versah zwischen Stettin und Pillau, dem Vorhafen von Königsberg. Vielleicht basiert das Bild auch auf einer früheren Skizze. Das Original ist seit 1943 im Besitz des Museum of Modern Art in New York. Die produktivsten fünfzig seiner fünfundachtzig Lebensjahre verbrachte der Künstler in Deutschland.

Was also ist Gegenwart, ist Feiningers »Jetzt«, das es mit ungeteiltem Bewusstsein wahrzunehmen gilt? Für diesen Augenblick das Bild, sein kristalliner, geometrischer, wie scheibenweiser Aufbau, Vergegenwärtigung der Kunstfertigkeit des Malers, seines fraglosen Könnens als Handwerker, als Arrangeur der Szenerie, als Meister einer berückenden Farbskala. Gegenwart heißt hier auch, das Leichte im Schönen zu sehen, wie es dieser Schaffensphase Feiningers entspricht. Die Herren auf dem Gemälde, optisch unterhalb des Dampfers, treten zusammen betrachtet als Trikolore auf, aber nicht jener der Republik. Ihr Kolorit entspricht, passend zum Schiff, der kaiserlichen Flagge, sortiert in der Abfolge Schwarz, Weiß und Rot. Sie befinden sich keineswegs »in Betrachtung des Dampfers« oder der glatten Oberfläche des Meeres, sondern sind mit ihren Köpfchen dorthin ausgerichtet, wo ein Stück entfernt eine einzelne, wo also: die Frau steht. Den Herren bläst ein Wind die langen Mäntel oder Paletots auf, in welchen wenigstens zwei von ihnen, der weiße und der rote, wie Vertreter des Vatikans erscheinen. Die blonde Frau dagegen führt nur ihr leuchtend blaues Kleid aus in demselben Wetter. Lässig steht sie, die rechte Hand in die Taille gestützt über der konturierten Hüfte. Ihre Figur ist überhaupt die einer freien, ganz privaten Person bei aller sparsamen Perfektion, mit der sie uns der Maler zeigt. Ist sie nicht sogar barfuß und probiert mit ihren Füßen das Wasser? Ist sie damit vielleicht eine nicht mehr expressionistische Wiedergängerin der blauen Figur auf dem Gemälde von vor zehn Jahren?

Die Rauchfahne des Dampfers scheint die Farben des schwarzen und des roten Mantels aufzunehmen, und das dunkle Fischerboot links von dem allerdings majestätischen Schiffsleib muss von solchem Gewicht sein, dass es die Horizontlinie, unterhalb der es liegt, um einiges mit sich herabzieht. Ein optisches Spiel. Wie auch die Weiterführung der Konturen, der Outlines der Figuren in den jeweiligen Farben, ob von den Mänteln in die unmittelbare Umgebung, vom Dampfer auf Himmel und Meer, vom spitzen Ellenbogen der Frau ein Stück weit auf die helle Wasserfläche rechts von ihr, spielerisch wirkt. Deutbar sind die Linien auch als Überstrahlungen und Schattenlinien, wie sie bei einem bestimmten frontalen Lichteinfall, bei tief stehender Sonne vorkommen, besonders, wenn die Luft diesig ist. Die starke weißgelbe Fläche, das Leuchten unterhalb des Schiffes spricht für eine dazu passende Reflexion, sagen wir des Sonnenlichts. Der zweite Gedanke, der sich einstellt angesichts der Personnage auf dem Bild, lässt mich unwillkürlich lächeln. Ich muss an das Urteil des Paris denken, die als Auslöser des Trojanischen Kriegs geltende Szene, dargestellt von Künstlern aller Zeiten und fixer Bestandteil unserer Mythologie. Feininger zitiert die Konstellation. Nur betrachtet bei ihm nicht ein Mann drei Frauen, um eine zur Schönsten zu küren. Auf seinem Gemälde schauen drei Herren in Richtung einer Frau, die allerdings, wie es den Anschein hat, dies nicht zur Kenntnis nimmt. Mein Lächeln kommt wohl daher, dass jeder, dem die Geschichte wiederbegegnet, an den weltweit bekanntesten Fall von Bestechung denkt. Wie hätte Paris sich entschieden, wenn ihm nicht heimlich Helena versprochen worden wäre? Vielleicht lächele ich auch wegen der Haltung der Frau in der Konstellation. Ihre Souveränität ist im Unterschied zur männlichen auf dem früheren Gemälde ein wirkliches Beisichsein, keine Geste, nicht ausgestellt, wie so oft, wenn Männer Haltung zeigen. Schaut nicht doch vielleicht jemand? Der Frau ist es gleichgültig.

Was noch zu bemerken ist, betrifft die Uferpartie, den Strand, die Linie, auf der sich die Personen befinden. Sie zitiert, Zufall oder nicht, annähernd den Verlauf derjenigen, auf der die Figuren angesiedelt sind auf zwei berühmten Bildern Caspar David Friedrichs, »Der Mönch am Meer« sowie »Die Lebensstufen«. Lyonel Feininger hat mehrfach betont, dass die Gemälde des in Greifswald gebürtigen Romantikers ihm erst spät begegnet wären, und auch, dass die Uferlinie auf diesem und anderen Bildern nur zufällig ähnlich sei. Ich könnte mich in dem wunderbaren Quedlinburger Katalog »Lyonel Feininger und die Romantik« von 1991 in der Konfrontation romantischer Bilder und solcher des Kubisten verlieren. Ich kann es aber auch bleiben lassen und das alles für Willkür und Zufall der Auswahl und Gegenüberstellung halten.

Lyonel Feininger hätte vermutlich über Philipp Otto Runges, des Romantikers aus Wolgast, Farbkugel dasselbe ausgesagt wie über seinen großen Vorgänger Friedrich: spät, gar nicht, weiß nicht. Und gewiss ist der Maler der beste Zeuge in eigener Sache. Die zentrale Darstellung von Runges Farbenlehre in der Erfindung oder besser Findung der Farbkugel nimmt sich neben Feiningers Bildern dennoch aus wie die technische Farbleiste neben einem erstklassigen Druck.

Paul Cézannes Umgang mit Farbe und Spektrum begegnet zu sein, kann unser Maler indes nicht verleugnen. Diesem bahnbrechenden malerischen Werk an der Schwelle des 20. Jahrhunderts stand er schon gegenüber in der großen Gedächtnisausstellung 1907, als er noch ganz in Paris lebte. Wenn er auch damals noch nicht der Maler war, der er später wurde. In der Stadt Paris traf er, heißt es, auf sein »Licht«. Robert Delaunay, einen wesentlichen Anreger, kannte er schon länger, als er 1911 dessen kubistische Bilder sah.

Es ist schwierig, es ist ehrlich gesagt unmöglich, bei jedem neuen Schauen die Folie eines früheren fernzuhalten. Es gibt kein Bild, wie angesichts des Kindes von vierzehn Jahren in Trassenheide schon beschrieben, bei dessen Betrachtung ich nicht die anderen mitsehe, die ich davor gesehen habe. Das betrifft Ansichten der Natur wie Ansichten der Kunst, lebendige Menschen und solche auf der Kinoleinwand oder in einem anderen abbildenden Medium, betrifft den Sternenhimmel wie die Löcher im Käse. Übrigens unabhängig von konkreter und genauer Erinnerung, welche Namen und das anderweitige Wann und Wo umfasste, doch oft genug auf so komplexe Weise, dass es mich selbst erstaunen macht. Der in jedem von uns angesammelte Fundus an Bildern tut, als Überlagerung und Durchdringung von Merkmalen, etwas mit uns, das unabweisbar und unumkehrbar ist. Wer sich diesen Teil des Gedächtnisses verfügbar und produktiv machen kann, ist ein Künstler.

8

Ich saß in dieser ganz bestimmten Konditorei. Roman Polanski hatte ein Stück weiter nördlich, in Peenemünde, vor Jahren einmal gedreht, seine Schauspieler aßen hier auch gern Kuchen. Und recht hatten sie. Ich saß in der hintersten Ecke, fast in dem geblümten Vorhang drin, mit einem tief schokoladenbraunen Ereignis vor mir und dem passenden Cappuccino. Er kam direkt auf mich zu. Sein Anzug wirkte in dem hellen Ambiente des Lokals wie entfärbt, als hätte er in der prallen Sonne gehangen und wäre davon ausgebleicht. Nur die Spitzen des Ziertuchs strahlten. Er setzte sich zu mir mit der Selbstverständlichkeit desjenigen, der pünktlich zu einer Verabredung erscheint.

»Schauen Sie nicht so, Sie wissen doch, dass ich gelegentlich mit starkem Licht umgehe. Na ja, und an die achtzig Jahre hat das gute Stück auch schon auf dem Buckel seiner Nadelstreifen. Aber das mit der individuellen Bildgeschichte, mein lieber K., mit dem optischen Gedächtnis, das muss ich meinem Freund Melmoth erzählen. Das wird ihm gefallen. Je mehr Erfahrung einer nämlich mit sich herumschleppt, umso vertrauter ist ihm dieser Effekt. Man muss nur aufmerksam sein, ihn fruchtbar machen. Nicht nur als Künstler. So etwas geht auch im Kollektiv, nicht wahr, ich meine, im Team. Wenn alle ihre

Bilder anschleppen und zusammenlegen, sehen sie mit jedem Augenaufschlag eine Art Diashow. Unseren täglichen Bilderrausch gib uns heute! So hätte ich das, als ich noch bei Hofe diente, bestimmt formuliert.

Davon abgesehen, wissen Sie eigentlich, was und wen ich alles mitsehe, was für ein kleiner Rausch es schon ist, wenn ich nur Ihr Gesicht anschaue? Wen ich dabei alles auf dem Schirm habe, wollen Sie es wissen? Ich mache Ihnen einen guten Preis für Ihre optische Ahnengalerie.«

Ich sah ihn nur an und fragte: »Sind Sie einverstanden mit meiner jüngsten Version von Vinetas Untergang?«

»Gut, dass Sie es ansprechen. Das ist der Grund, warum wir uns so rasch wiedertreffen. Den Fehler in der Besetzung an dem Tisch in der schönen, lasterhaften Stadt sehe ich Ihnen nach. Da Sie mich durchschaut haben, kann ich es Ihnen offen sagen: Ich hatte die zweifelhafte Ehre, dem jungen Herrn Bischof gelegentlich nahe zu sein. Die Klerikalen sind sozusagen meine natürlichen Partner, vor allem, wenn sie ihre Momente haben, wenn an ihnen der Zweifel nagt. Dieser nun, er war ein Lackaffe, ein Kind aus gutem Hause, doch leider nicht von dem Adel, der einem innere Größe verleiht. Sie wissen, was ich meine. Er war zu der Zeit aber noch gar nicht Bischof, er war noch ein Kind, er würfelte nicht mit. Dass Sie ihn zur Inkarnation der heiligen katholischen Kirche und der schamlosen Eroberung der westslawischen Territorien gemacht haben, ist ein bisschen gemein. Da haben Sie wohl Otto von Bamberg, den Erniedriger der slawischen Heiden, auf den merseburgischen Thietmar geschlagen. Der einzige Christenmensch vor Ort war tatsächlich König Harald Blauzahn. Ich mochte ihn. Eine ehrliche Haut. Und ein großer Liebhaber. Das fand ich schön an Ihrer Erfindung, dass Sie seinen Charakter mit wenigen Strichen vors Publikum hingestellt haben. Als hätten Sie ihn auch gekannt. Sie sind ein Dichter!

Spaß beiseite. Ausgestanden ist die Sache noch nicht. Sie haben leicht wüten auf solche Nettigkeiten wie die Usedomer Vineta-Festspiele, wenn ich Ihren Angriff gegen die Wormser und ihre Nibelungen recht verstanden habe. Lassen Sie das aber mal ruhig die Sorge der lokalen Kulturträger sein. Singen Sie nicht in Ihrer letzten Version der unendlichen Vineta-Saga ganz deutlich ein Hohelied auf die Zunft der Händler, um nicht zu sagen auf die freie Marktwirtschaft? Na also! Dann unterlassen Sie doch wohlfeile Ausfälle gegen dieselbe. Schauen Sie sich um, hier, in den Kaiserbädern, auf der ganzen Insel. Die Leute haben Ideen! Und das nicht nur zur Sommerszeit, wo es leicht ist. Spezialisieren Sie sich mal ruhig weiter in Ihre poetische Einsamkeit hinein und überlassen Sie die Partys denen, die sich darauf verstehen und die sie vor allem auch feiern wollen. Welches Jahr wollen Sie denn als Nächstes unter die Lupe nehmen? Ich schlage Ihnen 1957 vor – das wäre der Jahrgang des Sputniks, dieser piepsenden Gemeinheit der Sowjets, zu der es, hätte ich früh genug freie Hand gehabt, nicht gekommen wäre. Wir Amerikaner hätten zu der Zeit schon Richtung Mond unterwegs sein können, wenn man mich und meine Leute nicht so gebremst hätte.«

Seine runden Wangen hatten Farbe bekommen. Ich unterbrach seinen Schwung: »Ja, ich verstehe. Schon im Februar 58 erschienen Sie ja als der amerikanische ›Raketenmann‹ auf der Titelseite des *Time Magazine*. Da waren Sie wirklich angekommen, nachdem mit erfolgreichem Start des Explorer-Satelliten ein erstes Pflaster auf der Sputnik-Wunde klebte. Da waren Sie der Held, der Sie allerdings viel lieber in Deutschland unter dem Führer geworden wären.«

Etwas ging auf der Stirn meines Gegenübers vor, er blieb aber stumm.

»Ich hätte da einmal eine Frage«, setzte ich fort, »zu einem der Jahre, die Sie in der zwanglosen Zehnerfolge übersprungen haben, 1947. Wie sehen Sie von heute aus Ihre plötzliche Hinwendung zum christlichen Glauben? Sie hatten geheiratet, hatten Ihren Usedomer Sekretärinnen-Freistil aufgegeben und waren in den Hafen eingelaufen, in Ihrem Fall sozusagen einen Weltraumhafen, jedenfalls endlich einen stabilen. Wie kam es, dass Sie im Unterschied zu früheren Gewohnheiten, wo Sie aus dem eigenen Flugzeug auf alles herabsahen, was nicht so unabhängig war wie Sie selbst, auch wenn Sie, sagen wir, gerade nur einmal kurz Richtung Wolfsschanze flogen wegen einer Audienz bei Heinrich Himmler und Adolf Hitler, nun ja, dass Sie plötzlich zu Gott fanden, also zum Gebet?«

»Das wissen Sie? Sie könnten mein Ghostwriter sein.«

Er brauchte eine Denkpause, ehe er fortfuhr: »Es war eine Neuorientierung in einer fremden bis feindlichen Umwelt. Ich war zunächst einmal nur dankbar, dass alles so glimpflich abgegangen war. Dank der ›Operation Paperclip‹ des amerikanischen Militär-Nachrichtendienstes sind wir dem anfänglichen Großreinemachen in Nachkriegsdeutschland entgangen, wir wurden erneut rekrutiert – aber das wissen Sie ja. Wenn es mich und andere dann auch ein wenig verschlagen hat in den kargen Südwesten des Lands der unbegrenzten Möglichkeiten, bis an den Rio Grande. An wen sonst hätte ich meinen Dank adressieren sollen? Ich fand zu Gott.«

»Herr Ingenieur, ich halte auch diese Wendung, ehrlich gesagt, nur für einen Beweis Ihrer Cleverness. Ich bin sogar bereit, es Skrupellosigkeit zu nennen, was Sie an den Tag legten, wenn es um die Durchsetzung Ihrer schon immer himmelsstürmerischen Absichten ging. So veranlassen Sie kurz vor der deutschen Kapitulation, dass die Peenemünde-Unterlagen in einem Bergwerk im Harz versteckt werden – das Unterpfand für Ihr eigenes Leben. Die Amerikaner lassen sich selbstverständlich, ganz wie Sie sie einschätzten, auf diesen Deal ein. Sie werden ein glänzender Überläufer. Etwas so Überflüssiges wie ein Gewissen scheinen Sie nicht zu haben. Bei Befragungen bleiben Sie konsequent dabei, ausschließlich über Peenemünde zu sprechen, so knapp wie nur unbedingt möglich.

Zu Mittelbau-Dora werden Sie zwar auch befragt, doch belassen Sie es im Ungefähren. Sie haben, wie gesagt, an Inspektionen in dem KZ-Betrieb teilgenommen, müssen davon ausgehen, dass Zeugen überlebt haben, wissen aber nicht, wie viel die Gegenseite weiß. So wie Sie die jeweilige Aktenlage ›erspüren‹ oder vorgewarnt sind, geben Sie etwas preis oder nicht. Und Sie raten Ihren herübergeretteten Mitarbeitern, es ebenso zu halten. Sie sprechen sich untereinander ab, so gut es geht von den unterschiedlichen Orten aus, über die man Sie und Ihre Leute in den USA verteilt hat. Sie haben ja gleich im August 45, mit Verlaub, frohlockt nach den Atombombenabwürfen. Sie konnten da immerhin mit Ihren Raketen aufwarten. Es waren über einhundert Aggregate A4, bekannter als V2, die in die USA transportiert und dort im Laufe der Jahre getestet und weiterentwickelt werden konnten. Das einzige Problem, das Sie hatten, war die Demobilisierung. Das Geld floss nicht mehr wie erwünscht, ähnlich wie in Deutschland vor dem Krieg. Und die öffentliche Meinung, also was die amerikanischen Zeitungen schrieben, als herauskam, wer da fröhlich weiterbastelte, nunmehr auf ihrem Boden, das war am Anfang auch etwas unbehaglich.

Sie kommen mir da so lächelnd mit dem Sputnik. Gewiss, ich habe den Film Ihres Freundes Walt Disney gesehen, ›Der Mensch im All‹ von 1959, ich habe Ihr Englisch gehört. Die Untersuchungen des Komitees für unamerikanische Umtriebe und die Kampagnen des Senators McCarthy – so jemand war in den Jahren bis dahin Ihr natürlicher Verbündeter. Der Kalte Krieg spielte Ihnen in die Hände. Angesichts der aufgebauschten Gefahr der Infiltration durch Kommunisten war Ihre SS-Mitgliedschaft eine *quantité négligeable*. Das US-Militär unterstützte Sie. Es wollte nicht gern in der Öffentlichkeit als Institution dastehen, welche erst in Übersee die Verbrecher bekämpfte und sie dann zu besten Konditionen ins eigene Land holte. Schon gar nicht, um sie qualifiziert an sicherheitssensiblen Projekten und Einrichtungen arbeiten zu lassen und ohne große Überprüfung zu Staatsbürgern erster Klasse zu machen. Allerdings war es nicht leicht, Sie und Ihre Leute über Nacht in unbescholtene Demokraten auf dem *American Way of Life* zu verwandeln. Es wurden Überlebende befragt. Da passte der liebe Gott ganz gut. In einem Umfeld, das in jenen Jahren noch tausendmal gläubiger, um nicht zu sagen strenger bigott war als heute.«

»Na, wenn Sie das so genau wissen … Ich müsste wohl den Anzug wechseln, um dazu ein paar offene Worte zu sagen. Das verhindert der Drudenfuß, der uns hier zusammenführt. Wir treffen uns unter dem Stern oder Unstern der jeweiligen Geschichte, doch eher nicht, um über Religion zu disputieren. Lassen Sie es mich in aller Kürze so fassen: In den Lebensplan Wernher von Brauns gehörte Gottvater nicht zwingend. Aber wenn er ihm nutzen konnte, dann war das die geringste Anstrengung. Und eigentlich war es auch okay.«

9

Die Sache war noch nicht ausgestanden. Vineta wafelte noch in meinem Hirn. Usedom bot alles auf, dass ich damit ins Reine käme. Aber was ging das diesen selbstbewussten Lazarus an? Dass er zur Geschichte der Insel gehörte wie zum Pech der Schwefel, vergällte mir den angenehmen Aufenthalt. Denn was hatte ich hier anderes zu tun, als Bilder kommen und gehen zu lassen, zu genießen, mich wie alle anderen Meer, Sonne, Strand zuzuwenden, dem Paddelboot auf dem Achterwasser, und basta! Ideale Bedingungen! Wäre ich Maler, vielleicht würde ich hier einen Aktivurlaub verbringen. Doch genügten mir Reproduktionen: Runges Farbkugel zur Linken, die Menge von Feiningers Usedomer »Naturnotizen« in der Mitte, aus deren Vorrat er sich sein Lebtag als Maler immer wieder bediente, die Seestücke Friedrichs zur Rechten, ich scherte mich nicht darum, dass sie nicht direkt von hier stammten. So viel Grund für gute Aussichten. Was sonst zum entspannten Urlaub am Meer auf der »deutschen Insel mit den meisten Sonnenstunden« beitrug, umgab mich allemal und ausreichend. Es war sichtbar und schön und vorzeigbar, zu nutzen und zu genießen. Mein Teil blieb nur der des Schriftstellers. Es war der berufsmäßige Umgang mit der Sprache von Weimar, der Nachbarstadt von Buchenwald, wie sie auch auf Usedom vorherrschte, von freundlicher Seite angenagt durch eine zweisprachige Beschilderung Richtung polnischer Grenze.

Mein Teil, die Störung, fand sich schon ein paar Schritte vom Strand entfernt, da, wo der Wald anfing und wo die rot gerahmten Warnschilder standen: »Sehr geehrte Strandbesucher! Leider ist auch die Insel Usedom nicht von den Folgen des 2. Weltkriegs verschont geblieben. … Beim Sammeln von Bernstein besteht Unfallgefahr, da Bernstein mit Phosphorteilchen verwechselt werden und sich beim Aufbewahren in Kleidung oder brennbaren Behältnissen entzünden kann.« Was die Grammatik des Satzes hier dem Bernstein antat, war eine Gemeinheit. Ich ging vorsichtig weiter. Ich maß mit den Füßen wie bei dem Kinderspiel, Schuhspitze an Hacke: tipp, topp, tipp, topp. Ich suchte das eigene, passende Maß vor den Ausmaßen dessen, was mir begegnete. Dem nicht auszuweichen war.

In einem eigenen Märchen hatte ich einmal einen Bernsteinsammler auf einer Insel erfunden: »Der Alte trug einen Sack vor der Brust, in den sein eisgrauer Bart hineinragte. Dazu trug er eine Brille, mit einem Faden befestigt, der das lange Haar einschnürte. Seine Beine steckten in gewaltigen Stulpenstiefeln. Ohne die Gruppe zu beachten, hatte er nur nach unten geschaut, gelegentlich mit seinem Stock im Tang gestochert, ab und an etwas aufgehoben und in den Sack gesteckt. Nun war er dicht bei ihnen, und sie sprachen ihn an: ›Einen schönen Tag, guter Mann. Wie heißt denn das Land, an dessen Gestade wir hier sind?‹ ›Guten Tag, ihr Herren. Ihr seid wohl vom Himmel gefallen? Dies ist die Küste des schönen Landes Memma, oder sagen wir besser, die schöne Küste von Memma. Denn ob Memma schön ist, können wir nicht mit Bestimmtheit sagen.‹ Damit wollte er an ihnen vorübergehen. Sie baten aber: ›Guter Mann, bitte sag uns mehr. Welcher Weg führt denn von der schönen Küste in das Landesinnere von Memma hinein?‹ ... ›Ihr habt es wohl schon probiert? Tut weh, nicht wahr? Mag sein, dort oben gibt es feine Pilze. Doch wüsst ich keinen, der sie holen kann. ... Die Sage sagt, in den Tagen, als Gott die Erde gemacht hatte und den Himmel, da seien Himmel und Erde sich hier am nächsten gewesen. Wer nach Memma kam, konnte den Himmel sogar berühren. Natürlich benutzten das einige Wesen eine Zeitlang für ein Doppelleben in dieser und in jener Welt. Da zog Gott eine Mauer um den Ort, und von Stund an hieß er das Paradies. Wie es damit weiterging, steht geschrieben. Ich wünsche noch einen guten Abend.‹ ›Danke schön, das hat uns sehr geholfen‹, sagte der Wanderer in den gebeugten Rücken des Alten, den er nun vor dem lichten Himmel sah, wie er, ab und an mit dem Stock zwischen den Steinen im Schlick stochernd, ruhig weiter seinem Tagwerk nachging.«

Unsichtbare Grenzen wie die in dem Märchen werden von Tabus beschützt. Im Gegensatz zu dem Hinweis an Niemeyers Ateliertüre sind die nicht zu verletzen, ohne dass ein beträchtlicher Schaden daraus entsteht.

Der Dresdener Romanistikprofessor Victor Klemperer veröffentlichte 1947 ein Buch, aus dem sich Grenzen ableiten lassen, zuallererst Grenzen der deutschen Sprache. Sein »LTI« ist berühmt und braucht hier keine langen

Erklärungen. Ich habe es in meinem Leben sicher ein Dutzend Mal gelesen. Menschen, die Deutsch lernen wollen, empfehle ich es ebenso wie das Deutsche Wörterbuch der Brüder Grimm. Dass Klemperer, den die Nazis zum Juden gemacht hatten, dieses Buch schreiben konnte, während er die »tausend Jahre« überlebte, ist seiner nichtjüdischen und mutigen Frau zu verdanken. Geistig überlebte er nach eigener Aussage auch durch die heimliche Arbeit an dem Manuskript, dem »Notizbuch« eines Augen- und Ohrenzeugen der Entwicklung der Sprache des Dritten Reichs, eben der Lingua Tertii Imperii (LTI).

Darin lesen wir, »alles, was den Nazismus ausmacht, ist ja in der Romantik keimhaft enthalten: die Entthronung der Vernunft, die Animalisierung des Menschen, die Verherrlichung des Machtgedankens, des Raubtiers, der blonden Bestie ... Aber ist dies nicht eine furchtbare Anklage gegen eben die Geistesrichtung, der die deutsche Kunst und Literatur ... so ungemeine menschliche Werte verdanken? Die furchtbare Anklage besteht zu Recht, trotz aller von der Romantik geschaffenen Werte. ... Der entscheidende Charakterzug der deutschesten Geistesbewegung heißt Grenzenlosigkeit.«

Versteht man den Zusammenhang? Grenzenlosigkeit, Maßlosigkeit – die hielte ich dem Usedomer Wiedergänger gern entgegen. Das ist es, was der zielstrebige Wernher von Braun sein Lebtag nicht bedacht hat. Er begriff bis zuletzt nicht, dass seine Kosmos-greifende Egomanie bis hin zum pragmatischen Umgang mit der SS und zu dem gelegentlichen Tragen der schwarzen Uniform keinesfalls harmloser war als die Taten der Erschießungskommandos in denselben Uniformen: »›Entgrenzung‹ bedeutet die entscheidende Grundhaltung, die entscheidende Tätigkeit des romantischen Menschen, worin im einzelnen auch immer sich sein romantisches Wesen äußern mag, in religiöser Sehnsucht, im künstlerischen Gestalten, im Philosophieren, im tätigen Leben, in Sittlichkeit oder in Verbrechertum.«

Victor Klemperer machte von Dresden aus regelmäßig Urlaub an der Ostsee – wenn er sich nicht auf Schiffspassagen befand, die ihn bis nach Brasilien und Argentinien führten. Er war auf Bornholm ebenso wie auf Usedom. So auch in dem Jahr, sogar zur selben Zeit, als Lyonel Feininger ein paar Kilometer weiter östlich über die Kunst nachdachte. In einem von Klemperers veröffentlichten Tagebüchern lesen wir unter dem 20. August 1927: »Zinnowitz wäre ein Bad wie die andern hier auch, aber es ist das betont judenreine Bad, es ist in Judenreinheit Bansin noch überlegen. Am (sehr langen) Landungssteg führt es die Hakenkreuz-Fahne, u. in den Läden kaufte man auf Postkarten das Zinnowitzlied, ein blödsinniges Gereime nach der Melodie ›Hip, hip, hurra!‹, mit dem Refrain, fern bleibe der Sohn vom Stamme Manasse u. jeder Itz – man wolle keine fremde Rasse in Zinnowitz (auf das ein ander Mal Gott behüt's! gereimt wird). … Davon abgesehen ist Zinnowitz durchaus u. in allem Ostseebad … Wir saßen in einer großen Conditorei, in deren Garten zu Jazzmusik (kerndeutsch!) getanzt wurde.« 1927, fünf Jahre vor der »Machtergreifung«.

Mit der Jahreszahl schließt sich ein Kreis: Wer den Holzschnitt »Kathedrale des Sozialismus« von Lyonel Feininger auf dem ersten Bauhaus-Manifest von 1919 kennt und bei den Herren in Schwarz, Weiß, Rot auf dem Gemälde »Steamer Odin II« von 1927 nicht den Gedanken einer politischen Färbung zumindest zulässt, ist ein Schelm. Die Träger solcher Farben waren Gegner der Republik. Monarchisten und Nazis nannten die demokratische deutsche Trikolore, das Schwarz-Rot-Gold der Weimarer Republik, gern »Schwarz-Rot-Mostrich«. Und was da schon Urstände feierte, auch an der schönen Ostseeküste, konnte die Familie Feininger nicht übersehen. Julia, Lyonel Feiningers Frau, war Jüdin.

10

Und doch, K., Sie müssen das durchaus mit mir besprechen. Ich bin nämlich der Einzige, der danach fragt. Ich kenne Ihre liebe Not, vor allem jene, die Sie sich selbst noch nicht eingestehen. Ich kenne das Nagende im Menschen wohl, ein Teil von mir war Wurm in der berühmten Frucht am Baum der Erkenntnis. Sie wissen gar nicht, wie nah ich Ihnen bin. Sie haben im Land des Unausgesprochenen gelebt, unter den ausgesprochen Unaussprechenden, genau unter denen. Ich könnte leicht nach dem Muster Ihrer eigenen, mir bekannten Zuspitzungen sagen, unter Lügnern. Als einer von ihnen. Denn was nicht ausgesprochen, nicht beim Namen genannt wurde, war der Name der Gefangenschaft, in der Sie lebten. Geistig betrachtet. Die erste Hälfte Ihres Lebens nur, versteht sich. Ich rede jetzt nicht von dem sichtbaren Betonding, das damals Berlin teilte. Auch nicht von denen, die von Boltenhagen aus oder von Kap Arkona über die zugefrorene Ostsee sich davonmachten, nachts, ein Laken übergeworfen, ob sie nun einbrachen, in der Fahrrinne ertranken oder, vom falschen Schiff aufgenommen, wieder in Rostock oder Sassnitz landeten. Diese Niederungen seien von mir.

Ich rede von der historisch bedingten geistigen Unfreiheit. Ich liebe dieses historisch Bedingte! Ich liebe die

Gründe, also solche, die in den Zeitläuften liegen. Solche, die zu Entschuldigungen taugen. Verstehen Sie? Sie selbst haben damals auch nicht immer Klartext gesprochen, obwohl Sie gekonnt hätten. Sie haben auf alle mögliche Weise öffentliche Selbstgespräche geführt, Ihre Jugendgedichte verbreitet. Hübsch. Ich habe letztens nur unwesentlich übertrieben. Gefallen mir. Mit einem erstaunlichen Selbstbewusstsein meinten Sie allerdings, da stünde genug oder, mit dem Wort, das Sie in Gesprächen mit dem Publikum benutzt haben, ›alles‹ drin. Pustekuchen. Auf die Härte des Gedankens bezogen, die Sie in lichten Momenten anstrebten, waren das Anfänge, Versuche. Sie lasen einfach die falschen Bücher. Und Sie gingen mit diesen neunmalklugen Freunden des Schweigens um. Sagen Sie nicht, Sie wären nicht an die richtigen Bücher herangekommen. Und schließlich unterlief Ihnen die Sache mit Vineta. Sie benutzten das Bild der untergegangenen Stadt für einen Zusammenhang, der vollkommen anderer Natur war, Sie lebten jahrelang mit einer Kluft zwischen Analyse und Sentiment. War das bequem, Gott! – wenn Sie diesen Anruf gestatten –, wie bequem! Wie Sie mich hier sehen, war ich auch einer, der sich gut in die eigene Tasche lügen konnte. Es gab immer wieder Anwürfe, bis zum Lebensende. Aber ich musste mir nichts davon zu eigen machen. Die Skrupel blieben hinter dem Erfolg zurück, verschwanden.

Nun haben Sie das Glück, es mir nachmachen zu können. Ich stelle mich zur Verfügung, um Utopia, Vineta oder wie es heißen möge, auszumerzen. Verstehen Sie mich als den mit Ihnen wandelnden Skrupel, der folgerichtig demnächst hinter Ihnen zurückbleiben wird.«

Ich war schon vorher abgedriftet. Wir saßen noch immer in der Ecke des Cafés. Die einzigen Gäste. Es war Herbst. Auf einmal ausdrücklich. Draußen trübte es sich ein. Dünner Nebel zog über den Platz, drang von der Landseite in Richtung auf die See vor. Obwohl wir drinnen saßen, kam eine Stimmung auf, die Menschen aus der Großstadt vielleicht umso stärker überfällt. Stille herrschte, in der jeder Laut überdeutlich war. Vereinzelt drangen Rufe von Möwen herein, solche, die die Seele dunkel färben, die einen ankratzen. Man sollte dann besser keine großen Gespräche führen. Der Menschenschlag hier herum ist nicht umsonst bekannt dafür, sich Geplauder zu schenken.

»Mir fällt da eine Person ein«, begann ich, »die hier geboren ist. In Bansin, wenn ich mich recht entsinne. Eine junge Frau. Sie war von dieser Art, der man die Herkunft aus dem flachen Land zwischen Elbe und Oder gleich ansieht. Ich vermute, es handelt sich dabei um eine alte Mischung aus der Zeit der Völkerwanderung und der Assimilation, die auf die Christianisierung folgte. Den Dreißigjährigen Krieg hat sie auch überstanden, ich meine, die Mischung. Eine gewisse Härte in den Mundwinkeln dürfte daher stammen. Man neigt leicht dazu, der jüngeren Geschichte, den unmittelbaren Erfahrungen der Leute den Schnitt der Gesichter zuzuschreiben, insbesondere der Falten. Aber ich glaube, es liegt auch ein gut oder schlimm Teil Erbe darin. Schmale Lippen, blasse Haut. Feines, blondes bis farbloses Haar. Die Augen klein im unauffälligen Gesicht. Sie hatte eine Figur wie eine Tänzerin oder eine Dauerläuferin. Man sah sofort, dass sie zäh war.

Ich traf sie an einem amerikanischen College. Es gibt viele Ausländer, die ihre Ausbildung dort fortsetzen und später aus irgendeinem Grund bleiben. Sie arbeitete als Teaching Assistant, sie unterrichtete also, während sie zugleich noch studierte. Es ist wichtig für das, was kommt. Sie war jünger als meine erwachsenen Söhne. Gleich am ersten Tag wurde sie mir flüchtig vorgestellt wie alle Mitarbeiter der Deutschabteilung auf dem leicht gewellten pennsylvanischen Land. Erstaunlich genug, dass es dort überhaupt Studierende der deutschen Sprache und Literatur gab. Ihr Name war Simone.

Zu Ehren des Schriftstellers, der ein Semester hier unterrichten würde, fand wenig später ein Empfang statt bei dem Professor, der die Abteilung leitete. Ich bewunderte sein großes Haus. Wir, die kleine Runde der Angestellten des Departments und ich, versanken in den Polstermöbeln, stießen mit einem Glas Wein an, knabberten Salzgebäck und plauderten. Ich wurde höflich nach dem Woher und Wohin gefragt und sollte zu der Runde sprechen. Der Mauerfall lag beinahe zwanzig Jahre zurück, trotzdem galt das Interesse meinen Ostberliner Erfahrungen. Ich sprach also über Besonderheiten des Schriftstellerlebens unter den damaligen Bedingungen. Ich erwähnte die Zensur, den Index sehr lange oder durchgängig verbotener Bücher von Sigmund Freud, Friedrich Nietzsche, Stefan George über George Orwell, Alexander Solschenizyn, Joseph Brodsky bis zu Helga Novak, Hans Joachim Schädlich und Sarah Kirsch nach ihrer Ausreise. Ich hielt nicht hinterm Berg damit, dass die Sicherung des Broterwerbs von Künstlern aller Sparten eine Anpassungsleistung vorausgesetzt hatte. Ich lästerte über den Begriff

›Leseland‹, den der Zensurminister selbst gern im Munde führte. Letzteres tat ich schon deshalb, weil der Begriff zwar zutraf, aber dies vor allem dem Fehlen kritischer Medien geschuldet war. Es folgte ja daraus eine permanente Überlastung der belletristischen Autoren. Sie sollten stets empört sein für ihre Leserinnen und Leser, aber bitte ohne ins Gefängnis zu kommen, moralische Instanz, aber bitte ohne letzte Konsequenz. Die Umstände führten dazu, dass manche Schriftsteller mehr über die berüchtigten ›Schwierigkeiten beim Schreiben der Wahrheit‹ nachdachten und darüber mit größten Selbstzweifeln reflektierten, als einen radikalen Stil zu entwickeln. Ausnahmen bestätigten auch hier die Regel.

Ich gebe das so ausführlich wieder, weil eine Person auf diesen kleinen Vortrag anders reagierte als alle anderen. Links und rechts von mir in den Polstern gaben die Zuhörer durch Nicken ihr freundliches Interesse zu verstehen. Nur die betreffende Person zog sich zurück, das hieß, sie lehnte sich so zurück, dass sie aus der Reihe der Profile, die ich von den Anwesenden sah, verschwand. Ich registrierte diese Bewegung, das Entstehen einer Lücke unbewusst, ohne zu wissen, wer es verursachte. Als mir am Tag darauf im College Simone begegnete, fiel es mir wie Schuppen von den Augen. In dem Moment dachte ich, ja klar, schau sie dir an, sie ist aus dem Osten. Es kam dazu, dass sie es mir steckte, als ich einmal an ihrem Büro vorbeikam und in die offene Tür grüßte: ›Übrigens, ich bin auch aus dem Osten.‹ Sie sagte es in genau dem Tonfall, in dem der Satz hier steht, Akzent auf dem ›auch‹. Die Wochen vergingen. Es gab keine Notwendigkeit, diese eigentlich wortlose Konfrontation zu vertiefen, aufzuklären oder womöglich zu beseitigen. Irgendwann fragte mich eine Mitarbeiterin en passant, was ich eigentlich Simone getan hätte. Sie könne das nicht verstehen, aber es gebe da ganz offensichtlich Spannungen, eine Abneigung mir gegenüber. Ich nahm die Nachfrage zum Anlass, mich mit ihr für den Beginn der letzten Woche meines Aufenthalts auf einen Kaffee zu verabreden. Es gehörte nicht viel Menschenkenntnis dazu, vorher zu wissen, worum es ging, welcher Fall hier vorlag. Sei es drum, dachte ich, wenn es schon irgendwem aufstößt, schauen wir uns das mal an. Vielleicht spielte auch mein alter Hang hier noch einmal eine Rolle, mit jedem Menschen gut stehen zu wollen.«

Mein Gegenüber räusperte sich: »Lassen Sie sich zu einem Schnaps einladen? Auf das Wetter?«

Leicht zu raten, worauf er eigentlich reagierte. Zwischen Wernher von Braun und mir gab es, oberflächlich betrachtet, eine charakterliche Parallele. Er bestellte zwei Cognac, und ich kehrte zurück zu der Geschichte.

»Everybody's Darling, ich weiß schon. Für mich war es damals, sagen wir, das vorletzte Mal, und auch da schon beobachtete ich mich gut genug selbst. Der Tag kam, wir saßen in dem Selbstbedienungslokal vor den Tassen mit Kaffee, und ich fragte vorsichtig, wo sie denn aus dem Osten herkäme. Aus dem Norden. Ob sie das genauer sagen könnte oder ob es ein Geheimnis sei. Von der Ostsee. Na, wo nun, bitte, wo denn genau her? Von der Insel Usedom, aus Bansin. Es entstand eine kleine Lücke. Ich wusste nicht genau, was ich sie eigentlich fragen wollte oder sollte. Unangenehm war spätestens jetzt dieses amerikanische College-Du, das ich gern ersetzt hätte. Es klang dadurch irgendwie unpassend, aber es war nun einmal nicht anders zu fragen als so: ›Was hast du eigentlich gegen mich?‹ Von Anfang an stocksteif auf ihrem Stuhl, rückte sie sich noch einmal zurecht. Dann fuhr die Schlangenzunge ihr aus dem Mund und auf mich los: ›Du und Leute wie deinesgleichen machen mir meine Kindheit kaputt.‹ Ich holte Luft, aber sie war in Fahrt und sprach weiter: ›Ich hatte eine schöne Kindheit. Ich habe meine Kindheit eigentlich nur am Strand verbracht. Ich war immer draußen. Es war sehr schön, alles. Es war traumhaft schön. Ich hatte alle Freiheiten. Braun war ich, immer, vom Frühjahr an draußen, immer. Kennst du Usedom? Na klar kennst du es. Das kannst du mir aber nicht nehmen. Schön ist es da, sehr schön. Ideal für ein Kind.‹ Als eine kleine Pause entstand, wollte ich doch wissen, wie sie darauf käme, dass ich, der ich sie und ihre Verhältnisse gar nicht kannte, etwas kaputt machen wollte, was doch ihr Ureigenes wäre, ihre Kindheit, ihre Erinnerungen. Ich selbst hätte eben andere Erfahrungen gemacht, wäre vor allem älter und hätte eine andere Geschichte des Umgangs mit dem Staat. Aber – hier unternahm das Lieb-Kind-sein-Wollen den letzten Versuch – jeder hätte eben seine. Allerdings stellte ich ihr noch eine Frage, die einfachste und naheliegendste, die das wirklich nicht vorhandene, nicht einmal als Möglichkeit vorhandene Tischtuch zwischen uns augenblicklich durchtrennte: ›Was waren denn deine Eltern von Beruf, als was haben sie gearbeitet?‹ ›Das‹, brach es nun aus ihr heraus, ›das würdest du wohl gern wissen! Das wäre ja noch schöner!‹ Sie, sie ihrerseits hätte jedenfalls Eltern, die alles für ihre Kinder getan hätten. Ihre Kindheit sei schön gewesen. Der Ort so schön. Sooft es ginge, würde sie dort hinfahren, sie besuchen.

Dagegen wollte ich und konnte ich nun erst recht nichts haben oder sagen. Ich kannte sie ja gar nicht, weder die junge Frau vor mir noch ihre Eltern. Ich hatte vielleicht mit etwas Neid zugehört, von wegen Kindheit am Strand, ob nun als Spross von Funktionären oder nicht. Usedom war schön, es ist schön. Aber, dachte ich, sie hat wohl recht. Ich hatte ganz unbedingt, ich hatte ganz sicher ihre Kindheit zerstört. Und wenn sie mit diesem halb absurden Vorwurf nur halbwegs recht hatte, war mein sentimentales Vineta kaum mehr zu retten. Dann hatte schon früh genug Genauigkeit geherrscht, wussten die Gedichte mehr als ihr Autor. Gut so!«

Niemand, schien es, hatte mich zum Schnaps eingeladen. Auf keinen Fall hatte ich einen getrunken. Die Bedienung hatte mich nicht einmal behelligt. Noch immer saß ich allein, wie eingewickelt in die Gardine des hinteren Fensters, wie hineingewachsen in die karge Rückwand dieses zum Glück ganz unattraktiven Cafés mit dem guten Kuchen. Als wäre das Gespenst der Insel nur eins, das ich erfunden hatte.

II

Das letzte Mal – hier beginnt eine andere Geschichte, hier kommst du ins Spiel – fuhren wir von Anklam her Richtung Usedom, der Peene nach, die nicht gerade zum Salzwasser strebt, sondern sich eher dorthin bequemt. Achtzig lange Kilometer kein Gefälle, vom Kummerower See bis hier – da muss ordentlich Druck herrschen, dass man sich überhaupt bewegt, will sagen, dass der Fluss es schließlich herausschafft in den Peenestrom. Wenn wiederum ›der Strom‹ gelegentlich seiner Bezeichnung Ehre macht, hat es vorher Nordost gegeben, und es strömt das ins Haff gepresste Ostseewasser wieder nordwärts in die offene See, unter dem blauen Wunder, der Klappbrücke von Wolgast, hindurch.

Unterwegs machten wir halt beim Anklamer Stadtbruch. Beobachteten Seeadler vom Hochsitz aus. Kormorane, die Feinde der Fischer im Binnenland, auf den blanken Ästen der im Moor absterbenden Bäume. Eine Kolonie Silberreiher. Ich gestand, das hätte ich bis jetzt nicht gewusst, nicht einmal vermutet. Silberreiher hier, Silberreiher im vergleichsweise hohen Norden, Silberreiher überhaupt in Europa! Vertraut war ich mit dem Graureiher, einer, behauptete ich, besonders schweren Variante des fliegenden Schiffs, bei dem es manchmal aussah, als streiften seine trägen Flügelschläge über dem schmalen Berliner Landwehrkanal die Böschungen links und rechts. Erst wenige Jahre zuvor hatte ich das erste Mal weiße Reiher gesehen, die ich fortan, wo ich sie sah, zu den lokalen asiatischen Besonderheiten zählte, gleichauf mit den Kranichen auf den traditionellen Tuschezeichnungen. An dem Ort waren sie nicht gerade die Hauptattraktion. An der Demarkationslinie in Panmunjom auf der koreanischen Halbinsel fischten sie eher unbeachtet in den ansonsten bestbewachten Flachwassergebieten der Welt. Und, ja, Kraniche betreffend, diese zwischen Berlin und Usedom so moderne Vogelart, was wäre an der nun, von hier aus gesehen, asiatisch oder traditionell?

Weißt du noch, wie wir anfingen, Ausschau zu halten? Schon beim Queren der Zecheriner Brücke schauten wir interessiert zur Veranda von Restaurant und Pension Peene-Idyll hinüber, des ersten Hauses von vielen, die wir uns merken wollten für den Abend. Das Budget für die Übernachtung lag fest. Wir fuhren aber erst einmal weiter drauflos. Eine Insel von der Größe Usedoms ist ein eigenes Land. Es geschah schon etwas mit einem, wenn man so leichtfertig dahinrollte. Das Ausschauhalten war bald umgekippt, der Blick entbunden, der hemmungslos zu schweifen begann. Ziele, soweit vorhanden, waren nicht mehr wichtig. Andere, nicht mehr eigene, weniger geplante verdrängten sie. Die Insel schlug sie vor. Alleebäume rauschten vorüber. Felder und Weiden dehnten und wölbten sich links und rechts. Sah aus, als ginge es über sie hin immer nur hügelabwärts, ausnehmend sanft übrigens, doch so bildeten wir uns noch ein, es wäre da hinten wirklich immer der Rand zu sehen, die Landkante, es wäre der Blick zum umgebenden Wasser frei. Das war er jedoch schon wegen der Ausmaße der Insel nicht. Es ergab sich auch, dass die Straße immer nur aufwärtsführte. Seltsamer Effekt. Etwas wie ein Rausch setzte ein. Wald. Selbstverständlich führte die Straße in den Wald hinein. Die Wälder der Insel entpuppten sich als über alle Erwartung groß. Da, wies ich in eine Richtung, da müssen wir, glaube ich, entlang. Wir hatten eine Idee, eine Vorstellung. Auf die Landkarte hatten wir auch geschaut. Aber, sagten wir uns, auf einer Insel, da kann einer ja gar nicht vom Wege abkommen. Im Zweifel endet der immer am Wasser. Hübscher Gedanke. Ein wenig naiv. Festland-Ei, sozusagen! Luftschnapper! Große Klappe aus Berlin! Wir erreichten, und fuhren hindurch, Pudagla, Funktechnisches Bataillon 33 (FuTB-33) der 3. Luftverteidigungsdivision der Nationalen Volksarmee. Was du alles wusstest. Was hier so alles einmal war. Mehr Vergangenheit als Gegenwart? Ich dachte an das Kloster, das auf der Insel einmal seinen Standort wechselte und zuletzt hier bestand, bis zur Reformation. Die lag bekanntlich auch schon eine Weile zurück.

Allerdings trug ich ein Mittelalter mit mir herum, das war noch älter als das verschwundene Kirchenanwesen. Mein Rausch war heidnisch. Ein Hang zum Unterirdischen dabei. Wir bogen noch einmal ab. Schau mal, wie schön es ist. Die schmale Straße. Abwärts. Das Kirchlein von Benz. Wir sahen zu der Bemalung der Holzdecke hinauf, in den wohlgeordneten Sternenhimmel. Nach uns erreichten die Feininger-Fahrradfahrer – solche Touren werden angeboten – dasselbe Ziel. Nebenan ein Raum mit Fotos, Grafiken, Reproduktionen, einem Fahrrad, das Feiningers Modell glich, für Kinder zum Staunen, und sehr beschäftigten Menschen. Wir fuhren weiter. Hier gab es schöne Häuser, doch offensichtlich keine Unterkunft.

Weißt du noch? Nein, sagtest du jetzt. Ich stand mit der Erinnerung im Regen. So sagt man. Obwohl ich im Auto saß. Allein mit der Erinnerung, fuhr ich im Kreis, hinein in die sogenannten Winkel von Usedom. Eine Menge Winkel gab es hier, dieser war der von Liepe. Nirgendwo Übernachtungsmöglichkeiten. Nebensaison. Man hätte an der Autobahn übernachten können, aber nicht auf der Insel, wenn das Budget begrenzt war. Ferienwohnungen wurden auch hier nicht vergeben für ein oder zwei Nächte. Und der Mann, er möge mir verzeihen, mit dem lockenden Preisschild vor dem Haus, den ich gesprochen und den ich gefragt hatte nach einer Unterkunft und mit dem gemeinsam ich in eins der vielen feucht riechenden Zimmer ging und mich gern wieder daraus zurückzog mit dem Satz, einen Moment, ich muss einmal meine Frau fragen, dann hinausstolperte zu dir, mich auf den Fahrersitz warf neben dich, und abfuhr – heidewitzka –, sehr schnell um die nächste Ecke, als hätte ich den Teufel gesehen, der hier auch seine Pension betrieb. Weißt du … Nein. Nicht mehr. Nicht wieder. Nie wieder. Ich stand im Regen. Später. Das war doch ein andermal, du Esel, sagte ich mit deinem Wort zu mir. Ich war allein. In jener Nacht nach der Lesung hatte ich einen großen Satz gesagt und ihn mir selbst geglaubt, obwohl er eine Lüge war.

Die Winkel von Usedom sind sehr schön. Da kommen dann Plattenwege am Ende und nur noch tief ausgefahrene Wege und Tränken fürs liebe Vieh und sonst nichts. Doch, würdest du sagen, da kommt eben nicht das Absehbare, sondern das Andere, aber du nahmst an dieser Erinnerung nicht mehr teil, du warst ausgestiegen. Nein, nicht aus dem Auto, sondern aus dem selbstverständlichen Miteinander. Wir querten den Winkel, du saßest weiter neben mir, und das Wasser blinkte. Das Achterwasser blinkte ganz anders als die See. Das Achterwasser sahen wir nun überall und andauernd vom Auto aus. Vielleicht war es aber auch der Strom? Der lag ja wohl auch achter der Insel. Für die See, da musste einer schon aussteigen und Parkgebühr zahlen. Da vorn, da sollten wir gar nicht erst fragen. Taten es aber, fragten. Weißt du … Nein. Ich ging da auch wieder allein rein und erkundigte mich nach dem Zimmerpreis, vorher, ob eines frei sei, ja, dann der Preis, nein. So ging das. Fühlte sich an wie Winter, ein Winter des Alleinseins. Innen drinnen. Ganz allein. Damals, das war einen Tag her und gar nicht weit von hier, da sangen und tanzten wir. Es saßen dann einhundert Freunde zum Frühstück zusammen. Und du warst mein Wesen, die Seele, du warst ganz, wie wir auch als Ganze und Ganzes erschienen. Dabei war ich schon zerstört. Genauer gesagt, ich war es noch. Wei- … Nein. Nun stieg ich aus dem Auto aus. Im Regen. Amnesie. Tabula rasa. Die Trance nach einer sehr langen Reise.

12

Der Mann im Anzug – was wollte der in unserer persönlichen Geschichte? – ging neben mir her, begleitete mich durch den Regen zum Strand. »Was willst du?«, fragte ich, endlich jenseits von Höflichkeit und Verstellung, und er ging auf den Ton ein, als hätte er nur auf diesen Umschwung gewartet: »Dann hör mal zu, K., mein Bruder im Zwiespalt. Wir haben ein Spiel begonnen und bringen es auch zu Ende. Wir haben einen Deal. Du erinnerst dich doch inzwischen daran, dass du schon einmal ein Wettbüro betreten hast, nicht wahr? Deine Erinnerung kehrt doch langsam wieder, auf diesem und jenem Gebiet, oder? Die Reset-Taste drückst du gern, vergisst aber immer, dass es ein Back-up gibt. So steht wieder alles fein auf Anfang, nur für dich, dies aber, wie du begreifst, nur eine gewisse Zeit lang. Dann kommt das Verzeichnete ans Licht. Damals an der Hand deines Großvaters, erinnerst du dich? Du warst zwölf Jahre alt, gingst also nicht wirklich an der Hand, doch in seiner männlichen, dir wohltuenden Begleitung. Es war kein Büro, sondern die Halle mit den Schaltern. Nach kurzer Orientierung warst du ganz forsch dabei. Du hattest deine Kreuzchen, die geheimen Zeichen in der Derbyzeitung schon gemacht mit dem angespitzten Bleistiftstummel. Wie ein alter Hase! Und das Geld, das dir der Großvater in die Hand drückte, nicht zu wenig, setztest du ohne Zögern auf den kleinen Einlauf, die Kombinationswette für das siebte, achte, neunte Rennen. Den großen Einlauf wagtest du noch nicht. Also hieß es damals für dich, wenn ich dich erinnern darf, du setzt darauf, dass die und die Pferde gewinnen, aber du musst nicht die Reihenfolge festlegen. Wie du dann vorn an dem weißen Holzzaun zur Bahn hin gefiebert hast. Ist etwas anderes, wenn man gesetzt hat, nicht wahr? Wenn es um Geld geht, prickelt es mehr. Du warst das erste Mal richtig dabei. Hattest vorher fleißig studiert, ob die betreffenden Pferde auf trockener oder verregneter Bahn auch schon gewonnen hätten, hast dich nicht beirren lassen von den hübschen Namen. So hast du gewonnen. Kaum mehr als zwanzig Mark, am Totalisator. Du hast dich sehr erwachsen gefühlt unter solchen Begriffen. Mehr war es aus irgendeinem Grund nicht, alles Favoriten, keine Quote. Na und? Weißt du noch, wie dir die Ohren geglüht haben? So, und nun mal wieder zurück auf den heutigen Tag.

Was hast du da eigentlich getrieben, was war das mit dieser Lesung, mit der Nacht danach und dem großen Versprechen? Hast den Klassiker gebracht von der ewigen Treue und unterschlagen, dass es etwas gab, was dem widersprach. Ich würde das auch eine Wette nennen. Du Schlemihl, du verdammter. Zur fraglichen Zeit hast du mich noch nicht gekannt. Ich hätte dir sagen können, dass du nicht durchkommst damit. Bei ihr nicht. Du wolltest es gar nicht? Was? Wie? Kneif mich mal. Du wolltest dich vorher ehrlich machen, wie? Wann denn? Irgendwann. In den Pausen der vornherum ungetrübten

Liebe, hm? Im Vorbeifahren, in der Eisenbahn, in der der Herr Schriftsteller saß, die ihm Umwege und Zwischenstopps ermöglichte, auf den Unterwegsbahnhöfen, beim Umsteigen, in der Unterführung, auf dem Bahnhofsklo? Für einen Euro? Hahaha. Na, heute ist dein Glückstag. Schau mal auf die Uhr. Ja, es ist noch früh, ich meine aber das Datum, na?«

Ich stutzte. Die Uhr zeigte den Vierundzwanzigsten. Auf einmal war Juni, Johannistag. Lag es an meiner Schriftstellerkrankheit? Wenn ich ernsthaft in der Arbeit steckte am Schreibtisch, waren immer zuerst die Wochentage passé, kurz danach ging mir auch das Datum verloren. Kann sein, dass es heute so weit war. Wernher von Braun, oder wer immer der Mann an meiner Seite war, grinste über seine feisten Backen. »Revision«, sagte er, »heute ist der Tag der Revision. Alle Schalter geöffnet. Großer Einlauf. Hier ist der Spaten.«

»Wozu soll der gut sein?«

Er tat erstaunt: »So sind meine Regeln. Die habe ich unmittelbar nach dem Fall aller Fälle festgelegt. Du musst dir den Eingang zur Unterwelt selbst ausheben. Stell es dir so vor, als würdest du eine Kleckerburg bauen. Das machen doch alle am Strand. Erinnerst du dich, wie du als Kind immer dabei warst? Du bautest mit allem Drum und Dran, mit Ecktürmen auf den aufgeschütteten Mauern, mit Burgfried und Burggraben, zum Wasser hin offen, eigentlich eine ganze Stadt. Selbstverständlich mit Hafeneinfahrt. Und wenn schon jemand mittat, ein anderes Kind, so musste dennoch alles nach deinem Plan gehen, du kleiner Ingenieur, mein kleiner Herr Kollege! Fang diesmal beim Hafen an, es reicht auch ohne Burg oder Stadt, und mach ihn groß genug für das, was so einläuft, denk an den Tiefgang.«

Weg war er.

Es regnete. Kein Mensch weit und breit. Tabula rasa am offenen Meer. Wir waren getrennt, du warst abrupt abgereist an dem anderen, an dem echten Tag. Ich war allein weitergefahren hierher, ratlos. Zur Seite stand mir nur der Geist, den ich in unserer Geschichte erst recht nicht gerufen hatte. Einen Spaten wie den von ihm hinterlassenen hatte ich schon mal in meinem Leben benutzt. Es war ein kurzer Klappspaten mit einem hellen Holzgriff und ziemlich spitzem Blatt, notfalls eine Waffe. Ich trat auf den leeren Strand hinaus. Nach Nordwesten niemand. Nach Südosten niemand. Regengrau. Die See war auch grau, schwarzgrau und träge. Kein Grund zu zögern. Ich wollte mit meinem »Hafen« nicht zu nah an den Uferstreifen. Die Grube sollte nicht gleich volllaufen, die Ränder nicht so rasch wegsacken, wie es den Bauten am Strand immer ergangen war. Das clevere Kind war vermutlich aus ästhetischen Gründen immer auch darauf erpicht gewesen. Der Spaß am Bauen von Kleckerburgen und allem, was wir so nannten, lief immer darauf hinaus, enttäuscht, doch lustvoll zuzuschauen, wie das Wasser sich alles wiederholte, wie sich der Strand wieder egalisierte, wie alles wurde, wie es vorher war, aber doch nicht ganz, in seiner ewigen Bewegung. Es konnte diesen Bauten nicht anders ergehen als den Fußspuren, als den Linien, Zeichen und Buchstaben, die wir dorthin zeichneten und schrieben wie absichtslos, aus Langeweile, aus flüchtigem Spieltrieb, wo die Zungen auslaufender Wellen nach einer Weile doch wieder hinlangten und alles löschten. Ein großer Happen Philosophie, den es ohne Anstrengung für jedes Kind gab am Meer.

Ich beugte mich nieder und fing nicht weit von der Düne zu schaufeln und zu schachten an. Der Boden war fest und dunkel gleich unter der Oberfläche. Rasch hatte ich ein viereckiges Loch ausgehoben von etwa einer Elle Kantenmaß und Tiefe. Es machte hungrig, und ich holte die Brötchen, die wir uns früh gemacht hatten, aus dem Auto, auch die Flasche Wein, die wir für den richtigen Augenblick eingepackt hatten. War ja nun egal, wo ich allein war. Der Korken der Flasche war zu lang für den Korkenzieher am Taschenmesser. Ich musste polken, und schließlich landete eine ziemliche Portion von dem Wein in der Grube. Die schwarzen Flecke ergaben Bilder, es war wie Klecksografie. Ich setzte die Flasche an den Mund, konnte aber den Blick nicht abwenden von dem, was ich sah. Die menschliche Deutungsbereitschaft ist mächtig, gelegentlich übermächtig. Sie ist uns wohl angeboren. Ich nahm noch einen Schluck.

Was ich sah, war der Umriss Vinetas mit Türmen und Wehr und dem offenen, einladenden Tor. Es war, passend, nachdem mir ein Ingenieur den Weg gewiesen hatte, mein Großvater, den ich als Erstes erkannte. Er nahm einen Schluck von dem Wein und fragte: »Wie hast du das geschafft, dass wir uns noch einmal sehen? Damals zu meiner Beerdigung, warum gab es eigentlich den Ärger? Hattest du wirklich keinen anderen Mantel? Man macht doch Kompromisse in solchen Familienangelegenheiten. Aber was willst du mich fragen?«

»Du bist der Würdigste unter denjenigen, die mir als Familienmitglieder begegnet sind. Erst einmal kann ich dir endlich danken. Zwar hast du in großdeutscher Zeit, auf den Zweiten Weltkrieg hin einen Rüstungsbetrieb mit aufgebaut, das Flick-Stahlwerk in Magdeburg. Und in politischen Angelegenheiten und was von dir abhängige Familienmitglieder betraf, hast du vor allem nach den pragmatischen Einsichten eines technischen Angestellten gehandelt, das hieß, Gefühle, sogar deine eigenen, spielten keine allzu große Rolle. Aber du hast, viel später, mir gutgetan in deiner Art, mit einfachen und in einfachen Dingen. Du warst ein Mann der äußeren Form, die es sonst nicht gab in der Welt, in der ich lebte. Und ich weiß, dass du – ein kleineres Licht als dein Berufskollege von Braun, ›nur SA‹, wie die Leute sagten, nicht SS in gehobener Stellung – praktische Buße geleistet hast nach dem Krieg. Du hast das Angebot von Siemens ausgeschlagen, in leitender Stellung im Westen anzufangen, hast stattdessen das Stahl- und Walzwerk Hennigsdorf wieder mit aufgebaut, als Maurer, als Handlanger, obwohl du Ingenieur warst.

Es gab sonst wenig Hinweise auf Haltung in unserer Familie. Deine schien mir eine bewusste menschliche Entscheidung zu sein, von der etwas zu sagen war und die etwas sagte. Durch dich weiß ich auch, was ein privates Ritual ist und was es wert ist, welche zu haben. Deshalb bitte ich dich, mir die Zukunft vorherzusagen so, wie der berühmte Seher Teiresias dem Odysseus, als der an so einer Grube stand. Ich wüsste sonst keinen, den ich fragen könnte.«

»Das ist nun eine einfache Rechnung, wenn du den Ingenieur hören möchtest. Du hast schon damals festgelegt, nicht älter werden zu wollen als ich. Eine Falle, die man sich selbst stellt. Das sind also die Jahre, die du noch hast mit der Frau an deiner Seite. Ich kann sie nicht sehen, was ist los, gibt es sie? Ihr habt ein meernahes Land dazu erkoren, euer Ort zu sein. Halte dich daran, die Reise dorthin verheißt Glück. Für einen deiner Zunft gibt es da sogar noch ein paar Kleinigkeiten mehr zu holen. Die Gegend, in der wir uns hier treffen, wird dir später als ein Vorwerk auf dem Weg erscheinen. Mir ist sie vertraut. Es liegt so viel Stahl auf dem Grund der Ostsee. Zum Beispiel 54° 38′ 7″ nördlicher Breite und 19° 32′ 5″ östlicher Länge. Was übrigens merkwürdig ist, weil die gute *Odin* da angeblich zur Absicherung militärischer Schießübungen benutzt wurde. Und dann sinkt sie auf einer Position, die sie als ziviles Passagierschiff vielfach gekreuzt haben dürfte. Ich verstehe das Schiff, auch wenn es nur zweiundvierzig Jahre alt geworden ist.«

»Du wolltest …«

»Willst du die Zahl der Enkel wissen? Ich sehe dich sogar als Urgroßvater. Aber erst einmal kümmere dich genau um die, die da sind und dich brauchen. Das ist, was ich dir zu sagen habe als einer, der es selbst leider lange verfehlt hat. Und was meine Kutscherpeitsche betrifft, du weißt schon, die Sache mit dem Pony, das nie angeschafft wurde, es war ja unser Running Gag, und damit habe ich euch wenigstens etwas Heiteres hinterlassen. Denk du deinerseits an das Ruder, dann wird es auch was mit dem Boot.«

Er verschwand. Es drängten sich Händler an dem Tor. Ich musste verhindern, dass sie von dem Wein tranken. So lange blieben sie stumm. Sie waren so aufgeregt, ich musste den Einwohnern Vinetas mit dem Spaten drohen.

Als Nächstes erschienen zwei, die ich persönlich nicht allzu gut, aber deren Schicksal ich kannte. Das bewegte mich. Ihnen konnte ich den Wein nicht verweigern. Ich musste später sogar ein wenig nachschenken. Beide, die hier nebeneinanderstanden, auf unterirdische Weise lächelnd, hatten sich selbst das Leben genommen. Der Mann hatte sich in Düsseldorf erhängt, die jüngere Frau in Chemnitz Tabletten genommen. Der eine der liebste Bruder, die andere die älteste Tochter meines Vaters. Ich wollte sie nicht stören. Sie redeten leise, mehr zu sich selbst als zu dem, der auf ihr Erscheinen nicht vorbereitet war.

»Er war nicht schuld«, sagte der Mann in unverkennbarem, verrauchtem Berliner Slang. »Aus lauter Eitelkeit hätte er es wohl, ich sag mal, gern gesehen. Aber ich hatte klar Schiff gemacht, hatte meinen Chefs zu der Begegnung mit meinem ostdeutschen Bruder in Jugoslawien Bericht erstattet wie auch dazu, dass er später, als wir in Bagdad bauten, zu kommen versucht hatte. Das schon im Ansatz. Andererseits, ich liebte ihn. Schwer erklärbar. Eben der große Bruder, über seine politische Haltung hinweg. Ich konnte ihm ganz schön was bieten, als er da in Belgrad aus dem Zug stieg mit seinen krummen Beinen. Hat ihn fertiggemacht, diese Autotour an die Adria, mit Blaulicht auf dem Dienstwagen, ab durch die Mitte. Das war was für uns Jungs aus dem Kleine-Leute-Viertel im französischen Sektor, für uns Kriegsende-Kinder, denen der Papa gefehlt hat, der, als er aus Gefangenschaft kam, nur noch durchhing wie eine Bogenlampe. Verdammt, es war ein ganz schönes Wundenlecken. Mein Bruder gab sich mir gegenüber fast unpolitisch, ließ nichts raushängen. Am ehesten wirkte er wie ein Militär, ja, er strahlte so einen dienstlichen Patriotismus aus, was diese Idee vom besseren Deutschland anging. Das konnte ich immerhin verstehen.«

Die Stimme wechselte, die junge Frau sprach:

»Mich hat er sitzen lassen. Ich war solidarisch mit ihm unserer Mutter gegenüber, als sie sich trennten. Hatte deswegen nur Stress. Aber ich blieb natürlich bei ihr. Sie hatte Kontaktsperre verhängt. Er war offenbar sowieso mit seinem neuen Leben und den neuen Kindern beschäftigt. Ich hatte Sehnsucht nach ihm. Bin manchmal fast gestorben vor Sehnsucht nach dem Vater. Meine Karriere, also Bildung, ging ziemlich glatt. Allerdings bin ich zum Finale, mit der Facharztprüfung, in die Wende gerasselt. Das war ein Malheur. Es war ein Kampf ums Überleben. Ich hab mich durchgebissen. Ich konnte zu jeder Zeit in den Spiegel schauen. Die Jammer-Ossis konnten mich mal. Ich habe die Praxis aufgebaut, ich war wer, und was die Welt kostete, konnte ich bezahlen. Hab's genossen. Vielleicht ein bisschen zu viel im Auto gesessen, spritzige Kutsche, immer hoch und runter zwischen Weiterbildungen, schicken Hotels und der Arbeit, zwischen Ost und West sowieso, und später zu den Nichten. Hatte ja kaum Zeit eigentlich. Aber dann war ich auch immer wieder bei meinem Vater oder traf ihn, wo es sich ergab. Er war ja nicht mehr so viel unterwegs wie früher. Wir gingen noch einmal ins Kabarett zusammen. Da waren wir uns am nächsten. Schließlich der Mann, der mir in Chemnitz über den Weg gelaufen war, eine Art kluges Urgestein. Für ihn, also für uns, habe ich dann eine größere Wohnung gemietet. Seine Ambitionen waren stark. Ich habe seine künstlerische Ader bewundert. Wir haben Nächte durch über seine Romanvorhaben und Filmprojekte gesprochen. Tagsüber saß er in der Bibliothek. Was der gelesen hat! Eigentlich hätte ich gern mit an seinen Sachen gearbeitet. Ich entwickelte auch solche Ideen, sogar für ihn, mit ihm, um ihn mehr in Schwung zu bringen. Er tat es nicht, es kam nichts heraus, ihm fehlte immer die Energie am Schluss. Er war oft so traurig, kam nicht über Anfänge hinaus.

Und, ja, er verbrauchte mein Geld. Ich habe es nicht geschafft. Hätte ihm das Schreiben ermöglichen wollen, hatte so ein Gefühl von Mäzenin ihm gegenüber. Er hatte das Schöpferische, nach dem ich mich sehnte, wozu es mir aber selbst immer gefehlt hat. Weißt du noch, wie du und ich uns einmal auf der Buchmesse verabredeten und ich dir einen Sekt ausgab? Ja, so war das. Schön. Mit dem anderen, mit dem Abschied vom Leben – ich wollte immer gehen. Es war ein gutes Stück, eine gelungene Inszenierung. Ich war ganz ruhig, so wie jetzt. Ich wusste immer, dass es meins ist, besser für mich.«

Die beiden zogen sich wieder zurück. Der Wein war alle. Es war vorbei. So trocken war ich also doch noch nicht, nicht am Ende der Versuchung.

Ich war nicht wieder in die Stadt hineingegangen, okay. Sie sah anders aus, sie lag nunmehr, wo sie hingehörte, im Jenseits – das alles war ein Fortschritt. Als ihre Bewohner erschienen jetzt ein paar tote Verwandte, nicht Geister, die bereit waren, durch Wiederbelebung des Handels mit einer kleinen Münze ins Leben zurückzukehren.

Der Geist im Nadelstreifenanzug hat es vorher gewusst. Dass mich Vineta so lange beschäftigt und begleitet hat, war Sehnsucht nach etwas wie Familie. Brauchte ich die Vergewisserung von Herkunft? Sehnte ich mich nach dem Ort, wohin ich gehörte ohne Wenn und Aber? Literarisches Schreiben als Therapeutikum – wer den Aspekt nicht sieht oder nicht eingesteht, ist dumm oder belügt sich selbst. Wer das eine mit dem anderen verwechselt, ist lächerlich.

»Es heißt, so etwas wäre infantil. Hochgradige Regression, mein Freund. Etwas für Untote, eine ihnen vertraute Sehnsucht. Und auch die arbeiten sich eher daran ab, als erlöst zu werden.«

Er hatte sich zu mir heruntergebeugt. Ich hockte noch vor dem selbst gegrabenen Loch. Seine blonden Haare fielen, strähnig vom Regen, nach vorn und streiften mich fast. Mir selbst lief das Wasser wie Tränen über das Gesicht.

»Tut es gut, mich hier beim Sentiment zu belauschen? Machst du deswegen dieses ganze Tamtam? Trägst du die Peenemünde-Uniform, damit den Lebenden der Kaffee hochkommt? Könntest doch auch die Disneyland- oder die NASA-Krawatte tragen, he? Verstell dich nur nicht. Das war doch hier alles Vorspiel, Limbus, oder? Was ist dein nächster Trick?«

Er richtete sich auf und schaute überrascht, fast traurig. Zögerlich kam es: »Nein, nein. Das ist ganz anders. Sie, Herr K., haben gerade etwas geschafft. Sie sind ein gutes Stück vorangekommen. Hätten wir eine Wette abgeschlossen, fürchtete ich ab jetzt um meinen Einsatz.«

Seine Umgangsformen waren zurückgekehrt. Ich erhob mich. Mein Magen knurrte. Wie zufällig erwähnte er eine Bude gleich hinter den Dünen im Kiefernwäldchen, wo es Kleinigkeiten zu essen gebe. Vielleicht sei es da auch trockener. Als wir den kurzen Weg zurückgelegt hatten, trafen wir auf die anderen Personen, die an diesem Tag Koserow bevölkerten. Es waren ihrer drei. Einer der beiden Männer fiel mir wegen seiner fleischigen Nase und seines großen, schwarzen Baretts auf, der andere mit kräftigem Backenbart stand mit einer jungen Frau im Biedermeierkleid unter dem zweiten Langnese-Schirm. Die drei starrten über ein kleines Geländer aus Kiefernholz weg in den trüben Tag und erwiderten unseren Gruß nicht. Wir stellten uns an das gehobelte Brett, das unter dem Fenster der Bude befestigt war. Vor dem Regen schützte uns das schmale Vordach. Die Bratwürste, die auf Tellern serviert wurden, hatten ein wenig zu lange im Fett gelegen. Mir halfen sie.

Mein Begleiter seufzte: »Offen gestanden haben wir kaum mehr Zeit. Wir müssten uns jetzt schon ein wenig intensiver über den Wert von Utopien austauschen. Darauf läuft es ja wohl hinaus. Wenn Sie also den Ehrgeiz haben, ich lasse Ihnen gern den Vortritt.«

Ich musste lachen, nahm aber gern auch wieder den distanzierteren Ton auf: »Woher kennen Sie mein Hobby mit den utopischen Inseln? Aber sagen Sie erst, was uns drängt.«

Er beugte sich verschwörerisch zu mir: »Projekt Mars.«

»Ach, sind Sie davon noch nicht abgekommen, ich meine, nach Ihrem Ableben, nach dem Abschied vom gewöhnlichen, menschlichen Leben? Haben Sie nicht zur Genüge verfolgen können, dass und wie es dann vor allem unbemannt weiterging? Aufnahmen der Mars-Oberfläche von zwei Viking-Landern haben Sie selbst 1975 noch in der Hand gehalten – nicht begeistert? Die handfesteren Interessen der Menschheit haben die Oberhand gewonnen über den Traum. Im Fokus der Raumfahrt steht schon lange unser Heimatplanet, mobiles Telefonieren, Wieder-nach-Hause-Finden, Ökologie, Klimawandel, Spionage – so etwas.«

»Ja, schon, gewiss, aber die Möglichkeiten! Damals, ich meine, 1948 und auch noch 1962, als eine erweiterte Ausgabe meines Romans ›The Mars Project‹ herauskam, waren die Voraussetzungen mangelhaft. Und ja, einverstanden, die Verlagsleute, die das Buch damals reihenweise ablehnten, sie hatten selbstverständlich recht. Einer schrieb mal, nachdem er das Manuskript gelesen hatte, er müsste es zwar als Roman ablehnen, aber wenn es darum ginge, eine Rakete zu bauen, käme er gern darauf zurück, als Anleitung.

Ich habe das seither alles neu berechnet und bin es, mit Verlaub, abgeflogen. Es sieht gut aus. Und die internationale Zusammenarbeit – Sie müssen auch das Friedenstiftende eines solchen Menschheitsprojekts bedenken …«

»Da haben Sie wohl geschlafen seit dem Ableben desjenigen, dessen Hülle Sie hier spazieren tragen. Die Welt hat sich verändert seit 1977, erst recht nach dem Ende des Kalten Kriegs. Die Fronten verlaufen woanders, sind wieder unübersichtlicher, die Truppen vielfältiger und anders verteilt. Ob Russen, Amerikaner, Chinesen oder Inder sich im Orbit herumtreiben, ändert daran gar nichts. Sie selbst haben den Koreakrieg mit angesehen, den Vietnamkrieg auch vom Anfang bis zum Ende. Im Fernsehen, versteht sich. Haben Sie sich jemals mit der Geschichte Israels befasst? Meinen Sie nicht, es hätte angestanden?

Als Sie an Ihrem Marsprojekt laborierten und mit dem lieben Gott einig wurden, haben andere den Staat Israel unter Voraussetzungen gegründet und verteidigt, das war so utopisch, dagegen waren Ihre Entwürfe von der Zukunft ein Baukasten für Vorschulkinder. Das ging Sie vielleicht nicht direkt etwas an, Herr Sturm-... Den Nahen Osten kennen Sie vielleicht aus interplanetarischer Distanz? Daher wissen Sie sicher auch, wo Afghanistan liegt, Irak, Iran, das weite Kurdistan? Verschieben Sie das mit dem roten Wandelstern auf der Ekliptik ruhig noch ein wenig. Wir haben alle Zeit der Welt, das Utopische an sich zu betrachten.«

»Sie verstehen nicht recht. Können Sie ja nicht. Sie wissen, was zu meiner Zeit da drüben auf dem Streckelsberg stand? Hat prächtig funktioniert, unser Beobachtungsposten für die Raketenbahnen. Also, ich sag Ihnen, da ist noch mehr. Haben Sie H. G. Wells gelesen? Man darf sich nicht von der Oberfläche täuschen lassen. Bringen wir rasch Ihr Problem mit der Utopie hinter uns, ich werde hier nicht mehr alt.«

Plötzlich verstand ich ihn. Er sah unseren Disput schon vom Ende her. Er wusste, dass sein Denken utopisch bleiben würde und, wenn man so wollte, sein Fühlen auch. Er war entschuldigt für alle Ewigkeit, in der er sowieso lebte oder eben spukte.

Unterdessen nahm sich mein Abschied von den Resten der vertrauten Bilderwelt Vinetas aus wie das Entfachen eines Johannisfeuers mit einer Menge Papier unter dem Reisig und den trockenen Ästen und, vielleicht, einem Schuss Flugzeugbenzin. Ich befand mich auf bestem Wege, sämtliche Findlinge vor Koserow loszuwerden, das ganze sogenannte Vinetariff, das zu seiner Zeit dem Preußenkönig Friedrich Wilhelm III. zu einem romantischen Schauer verholfen hatte. Die Steine waren inzwischen ja sowieso fast alle aus dem Wasser geholt und verbaut worden. Der Herr in Wernher von Brauns Businessanzug dagegen würde weiter seine Kreise ziehen wie der menschliche Weltraumschrott im Orbit. Mein Impuls, ihn zu bedauern, hielt sich in Grenzen.

13

Zwei der bekannten Märchen aus der Sammlung der Brüder Grimm hat der Maler Runge aufgeschrieben, der berühmteste Sohn von Wolgast. Wussten Sie das?«

Er lächelte ein wenig schief und schüttelte langsam den Kopf.

»Es ist das traurige Märchen vom Machandelbaum und – Sie wissen, auf welches ich hinauswill? Es gibt eines, das hat die Hybris zum Thema, in diesem Fall die Maßlosigkeit einer Einzelperson, nicht eines Gemeinwesens wie Vineta. Nein? Es ist das vom Fischer und seiner Frau. Runge hat beide in Plattdeutsch aufgeschrieben.«

Er fragte, worauf ich damit hinauswollte. Seine Sprache war auf einmal so breit wie das breiteste Platt: »Und übrigens hab ich den Kopf geschüttelt, weil ich mich nur sehr verwundern kann über Sie. Es ist doch albern, einen, dessen Mutter wie dessen Frau geborene von Quistorps sind, so etwas zu fragen. Pommerscher Adel, seit dem 14. Jahrhundert in der Gegend. Direkt gegenüber der Insel, um Lassan herum, das war alles unser, mütterlicherseits. Wie hätten wir die übersehen können, diese zwei Märchen von unserm Runge? Beim besten Willen nicht. Die hingen mir doch als Kleinkind schon aus den Ohren raus. Besonders die Ilsebill! Doch nun weiter, wer ist denn hier gierig, Sie oder ich?«

»Sie waren es«, sagte ich wie aus der Pistole geschossen. »Aber Sie waren immer wieder smart genug, es nicht zu überspannen. Es gibt, oberflächlich betrachtet, einen großen Unterschied. Sie wollten wie die berühmte Fischersfrau immer mehr und mehr, aber nur, um Ihr Ziel zu erreichen. Sie suchten scheinbar nicht den privaten Vorteil, sondern folgten dem Stern einer Sache, ohne Rücksicht auf sich und andere. Sie hatten immer wieder Erfolg mit der Behauptung, das Ganze habe etwas mit der Menschheit und deren Träumen und ihrer Erfüllung zu tun. Dabei waren es, wenn keiner mitträumen wollte, vor allem die zivilen Geldgeber nicht, es waren tausendmal Sie, der um jeden Preis dorthin wollte, hoch in den Himmel. Und die einzige Instanz, die von Anfang an Ihrer Seite stand …«

»Ja, klar, weiß ich doch. Es war das Militär, ob in Deutschland vor den Nazis, ob in der Nazizeit oder später die längste Zeit bei den Amerikanern. Natürlich, so war es. Was auch immer ich versuchte, überzeugt hat nur das Argument der Verteidigung des Vaterlands oder eben, drüben, des ganzen Kontinents, der westlichen Hemisphäre. Es fing doch schon so an. Als die Schwarzmäntel in Berlin bei unserem Raketenverein vorfuhren, uns beiseitenahmen und fragten, ob wir das nicht gern einmal im großen Stil aufziehen würden.«

»Genau, Verteidigung. Es fing damit an, den Versailler Vertrag zu unterlaufen, weil Raketentechnik darin noch nicht die Rolle spielte, worauf die Schwarzmäntel ja spekulierten. Gleiwitz wurde auch verteidigt. Na, und so weiter.«

»Sprechen wir lieber über Ihre utopischen Höhenflüge,

Herr K., über die Unschärfe der Metapher. Kommen Sie auf den Punkt. Ich bin Ihr Sokrates, ich helfe bei der schweren Geburt. Oder halten Sie unser Usedomer Tête-à-Tête für eine Veranstaltung, bei der Sie sich in der dauernden Stellung des Gerechten gefallen, und ein alter Fuchs wie ich gibt Ihnen den lauwarmen Sparringspartner? Kommen Sie, lassen Sie uns ein Stück gehen.«

Der Regen hatte aufgehört. Dafür blies ein kräftiger Nordwind, der das schwarze Wasser der abendlichen See mit Schaumkronen versah. Wir ließen uns vom Wind unter dem Streckelsberg vorbei in die Bansiner Richtung treiben.

Beinahe hätte ich wieder mit der Frage begonnen: Weißt du noch? Diese Schallplatte hatte wirklich einen Sprung. In Gedanken benutzte ich sie wie einen flachen Stein und warf sie über das Wasser. Sie kippte, schnitt scharf in eine Welle und verschwand.

Vineta ist ein Labyrinth, auftauchend aus dem Bodensatz, aus dem Sediment von kaum reflektierten Gefühlen tief in mir drin. Es bringt mich sogar in bessere Gesellschaft. Heinrich Heine schreibt in dem auf der Insel Norderney verfassten Teil 3 der »Nordsee«: »Man sagt, unfern dieser Insel, wo jetzt nichts als Wasser ist, hätten einst die schönsten Dörfer und Städte gestanden, das Meer habe sie plötzlich alle überschwemmt, und bei klarem Wetter sähen die Schiffer noch die leuchtenden Spitzen der versunkenen Kirchtürme, und mancher habe dort, in der Sonntagsfrühe, sogar ein frommes Glockengeläute gehört. Die Geschichte ist wahr; denn das Meer ist meine Seele …« – Damit konnte ich etwas anfangen.

Nach einer Weile sprach ich laut weiter: »Als Kind

lernte ich die freundlichen, flachen Gewässer vor Rügen und Usedom kennen. Immer, wenn ich an das Läuten der Glocken Vinetas dachte, sah ich mich in einem Boot über ein solches seichtes Wasser gleiten, sah den gewellten Sand unter mir und hörte liebliche Töne. Wir hatten an der See nie ein Boot zur Verfügung, das ist also schon Teil der Fantasie. Und es passt offensichtlich ja auch nicht zueinander. Das Wasser sollte wenigstens so tief sein, dass ein Kirchturm unten blieb, auch der obere Teil mit dem Glockengestühl. Aber so genau fantasierte ich leider nicht. Das Bild war eher verbunden mit dem dahingleitenden Schatten des Boots, mit einer Hand im seichten Wasser, mit paradiesischer Stille und dem Glockenläuten darin. Überwältigend unerklärlich. Der Eingang Vinetas tauchte genauso auf. Palisaden, darin ein Tor aus Holz. Da mussten die Rekonstruktionszeichnungen slawischer Burgen sich eingemischt haben, die schon in meinen Schulbüchern abgebildet waren. Auf jeden Fall lag das Tor hoch, groß und deutlich auf einer Sandbank vor mir, zu der ich durch das flache Wasser gehen konnte. Es sind erstaunlich feste, stehende Bilder, die sich so einfinden.

Die Stadt war nicht das Bild des Versunkenen, sondern das eines Anderen, das es im Leben nicht gab. Urvertraut gerade deshalb, als Gebilde der Fantasie. Ich hatte an der Sage so weit mitgesponnen, dass sie zu einem eigenen Besitztum wurde. So konnte ich zugleich auch das Johannistags-Sonntagskind sein, das zur Erlösung der Stadt in der Lage und sozusagen berufen war. Ich war richtig großartig. Das Übereinander von heidnischen Bräuchen und christlicher Überlieferung trug seines dazu bei. Am

Johannistag, zur Sommersonnenwende, liegt das Dionysische bloß, die Lebensgeschichte des Täufers Johannes trägt kaum mehr als den Namen bei. In der Vineta-Sage legen beide zusammen, was sie können. Der geheiligte Sonntag trifft auf die sinnlichste Nacht des Jahres. So wäre es ein echter Glückspilz, der die Erlösung der Stadt zustande brächte. In meinen Fantasien war ich derjenige. Am Schluss fehlte nur immer das Geld. Und es gefiel mir und half der Identifikation, dass der Bursche arm war, der in die Stadt geriet. Wie er war ich beeindruckt von allem, was einem dort begegnete. Und auch, wie traurig es ihn machte, dass er nicht helfen konnte, passte zu mir. Vielleicht habe ich nie gut gefunden, mag sein, sogar irgendwie abgelehnt, dass die Erlösung von einem Handel abhing. Wenn der auch unabhängig von der Summe war und es nur um irgendeine kleine Münze ging. Aber es ging um Geld, um Geld und Ware in einem Atemzug mit Erlösung, mit einem Zauber. Vielleicht lehnte ich das unbewusst ab.

Inzwischen ist es anders. Beim letzten Mal war ich wirklich bestens vorbereitet, hatte alles geplant. Unter uns gesagt, ich hatte in allen Taschen Münzen! Ich wollte endlich das Ergebnis sehen. Ich wäre überhaupt das erste Mal dazu in der Lage gewesen. Erstaunlich. Dann geschah alles so, wie ich berichtet habe, auch wenn Sie es für Erfindung halten. Dass um den Namen gewürfelt wurde, war überraschend. Aber leuchtet es nicht ein? Es war einmal eine Stadt in der Wirklichkeit, die trug viele Namen. Der Ort, von dem die Sage spricht, die Stadt des Traums, für alle Zeit im Meer versunken, sie kann nur einen tragen.«

Der Spaziergänger an meiner Seite räusperte sich: »Gestatten Sie, dass ich es festhalte: Wir haben uns vor Ihrem inspirierten Bericht genau dreimal getroffen. In meinem Fach spielen Zahlen eine gewisse Rolle. Dennoch muss ich Sie bitten, auf unserem letzten Spaziergang endlich den romantischen Zinnober abzuwerfen. Das ganze Usedom kommt mir schon vor wie ein einziger Umweg. Ach«, breitete er in dem Moment die Arme aus wie ein Kind, das den Flieger spielt, »wenn ich's auch liebe. Ich bin so gern über diesen endlosen Strand geflogen damals. Meistens ging es ja nicht Richtung Osten wie gerade die zwei Mal zum Reichsführer, auf die Sie anspielten. Hundertmal flog ich nach Berlin, um die Zuständigen zu treffen, oder an andere Standorte der Firmen, die für uns tätig waren. Aber, bitte, Sie sind dran.«

Der Nordwind erleichterte das Gehen. Er blies uns frisch und gleichmäßig in den Rücken, nach Beaufort als »mäßige Brise« von 5 Stärken. Fast hatte ich vergessen, dass mein Gesprächspartner an der Uhr gedreht hatte. Das bescherte uns die milden Temperaturen. Voraus loderte ein großes Feuer unterhalb des Zeltplatzes von Ückeritz. Der Wind riss an den Flammen. Die Leute ringsum schienen zu tanzen. Ein Schattenspiel. Wir kehrten um, die Brise nun im Gesicht. Wir gingen langsamer, doch zugleich, fühlte ich, wie schwebend. Merkwürdig. Rechts von uns die See, fast schwarz mit Schaumkronen.

»Ich hatte die Angewohnheit zurückzugehen, immer und immer wieder. Vermutlich war es immer dieselbe Stelle, die ich aufsuchte, aufsuchen musste. Dafür stand der Name Vineta. Er kam viel zu leicht. Ich habe das Bild nie überprüft. Wenn es Pfusch aus sentimentalen Gründen war, dann lag er in der Wiederholung, darin, nicht loszukommen, den Kopf immer wieder in den gleichen Sand zu stecken. In den sandigen Grund unter Wasser. Wenn auch mit immer neuen Sätzen wieder auftauchend. Aber sie entstammten derselben Quelle. Die verteidigte ich, es war meine, eine dunkle, schlammige Quelle. Ich berief mich auf die Erinnerung als Produktivkraft. Das war mein Recht, von Berufs wegen. Warum sollte es bei mir anders sein als bei sämtlichen Vorgängern?

Meine eigene Geschichte sehnsuchtsvoll an ein literarisches Vorbild zu binden, es zum Leitmotiv auszubauen, das war verständlich, doch, wenn ich es so im letzten Abendlicht Usedoms betrachte, heikel. Von aller möglichen Erlösung ganz zu schweigen.« Ich stockte noch einmal. »Warum aber muss ich so weit in mich gehen vor Ihnen, der Sie eine wirklich fatale Geschichte mit dieser Landschaft verbindet? Sagen Sie es noch einmal so, dass ich's verstehe.«

»Weil Sie es so wollten. Sie waren meine zweite Herausforderung in kurzer Zeit. Es gab da so eine Tagung, in Peenemünde. Da wurde mein Andenken entehrt. Dumm war, dass ich danach aus privaten Gründen noch in der Gegend blieb, hier herumschwebte. Sie ahnen, es war die Landschaft, bei mir wie bei Ihnen die Herkunft, das Sentiment. Als sinnlicher Geist blieb ich hier, versteht sich, nicht mehr als Zielscheibe. Schnupperte noch einmal an Gräselein in einer versteckten Senke hinter den Dünen, wo der besondere Duft einer feinen Dame siebzig Jahre lang überdauert hatte, für den Kenner, versteht sich. Oder ich saß da in dem Zimmer, in dem Sie Quartier genommen hatten, zuerst gar nicht Ihretwegen, sondern weil mir einst ganz anders darin war. Wer weiß schon, wie und warum sich Dinge fügen?

Es ist müßig, die Geschichte schwarz-weiß auszumalen, mein Leben als Wernher von Braun auf den einen, finsteren Punkt zu bringen. Den Namen womöglich von Schulgebäuden wieder entfernen zu lassen. So etwas soll man gar nicht erst anfangen. Eine Lawine gibt das, in dieser Zeit, in jeder Zeit, immer aufs Neue. Wenige Namen haben Bestand, bei näherer Untersuchung. Wie viele Schulen heißen nach Dichterinnen und Dichtern, deren Leben und erst recht Werk die Schüler lieber nicht so genau erforschen sollten. Und nun Sie. Stellen doch glatt die Zielscheibe noch einmal auf. Wollen diesem Lebenswerk den Schmutz des ganzen Jahrhunderts anhängen – und damit auch dem schönen Atoll Usedoms und der Insel Oie, auf der wir damals die Abschussrampe betrieben. Wollen Sie das wirklich? Ich frage Sie: Was bleibt? Dass ich zu denen gehörte, die das Tor zum Himmel aufgestoßen haben.

Doch zurück auf die Erde, die halbe Stunde noch: Sie wussten doch, dass unsere Begegnung auf einen Schnitt bei Ihnen selbst hinausläuft, oder? Sonst hätten Sie mir nie die Hand gereicht. Sie wollten nicht wirklich Ihr Kindermärchen heil über die Insel bringen auf diesem Parforce-Ritt? Nein. Sehen Sie? Dem galt mein Angebot. Wir machen beide unseren Schnitt. Sie haben sogar einen Bonuspunkt eingefahren. Sie können sagen, Sie waren dem Gottseibeiuns zwei Tage lang richtig dicht auf den Fersen. Und der hinterlässt Sie auf dem – nach außen hin ganz souverän, wie von selbst eingeschlagenen – Weg zu neuen poetischen Ufern.«

»Bevor Sie mir hier anfangen zu schwafeln oder zu schwefeln und am Schluss die Oberhand gewinnen, nur weil die Zeit drängt: Die Causa Vineta hat tatsächlich einen Pferdefuß, den ich, ohne Ihren aus der Nähe zu sehen, nicht so rasch begriffen hätte. Die Stadt immer wieder aus dem Meer heraufzuholen war müßig, da war einfach nichts Neues zu erzählen. Das Mittelalter kommt so wenig wieder wie die eigene Kindheit. Und die Erlösung insgesamt ist bekanntlich verschoben auf das Jüngste Gericht. Sie wissen da besser Bescheid. Auf den mir bekannten Darstellungen des Ereignisses werden Sie meistens rechts unten abgebildet, also links vom Thron des Weltenrichters. Während alle anderen, die damit von Berufs wegen zu tun haben, halleluja singen, müssen Sie und Ihr Team am Tag aller Tage hart arbeiten.

Erzählungen, die von Erlösung im Diesseits oder dem Himmelreich auf Erden handeln, sind Utopien. Mein jahrelanges Herumlungern vor den Toren Vinetas, es war nichts anderes als ein Kokettieren damit, ein Nicht-davon-Loskommen. Ich habe die Landschaft der guten Sage kontaminiert mit dem Rest meiner persönlichen Anhänglichkeit an die Art Utopie, die das letzte Jahrhundert verheerte, den Sozialismus. Es war mir nicht bewusst. Ich hatte ein Versteck gefunden, ohne es zu wissen. Und den Traum von der besseren Welt in den Wellen der Ostsee weiter plätschern lassen. Adieu, blaue Blume, adieu!

Die andere Weise, in der immerzu in die Vergangenheit gereist wird aus utopischen Gründen, die ist ja eher Ihr Fach und benutzt dazu einen *time tunnel*. Durch diese Dinger wird hindurchgekrochen, -geflogen, -getaumelt und heftig an der Vergangenheit gebastelt, damit in der Gegenwart anderes stattfindet oder stattfinden kann. Das sind so hübsche Lügenkonstruktionen an Einsteins krummen Leitplanken entlang. Man könnte sagen, in dieser Version Science-Fiction versteckt sich Feigheit vor der Gegenwart. Scheu vor der eigenen Verantwortung. Sie müssten das eigentlich mögen.«

»Nein«, sagte er, »der Ingenieur findet das müßig. Solange nicht praktisch darüber nachgedacht, nicht berechnet, gezeichnet, Handfestes auf der Basis hergestellt und ausprobiert werden kann, ist es uninteressant. Natürlich ist das Problem der Zeit eines der faszinierendsten der Physik. Aber in der Ausübung meines Hauptberufs muss ich Ihnen sagen, für Menschen sollte das Vergangene als Vergangenes vergangen bleiben. Ich halte das für ein wesentliches Tabu. Schamanen, ich meine Psychoanalytiker, wagen sich manchmal etwas näher heran mit der freundlichen Absicht, den Patienten zu heilen. Wie sehen Sie diesen Aspekt? Haben Sie etwas davon bemerkt? Geht es Ihnen jetzt vielleicht besser als bei unserer ersten Begegnung? Es kommt mir fast so vor, als seien Sie nach den paar Stunden mit mir bereits ein umgänglicherer Mensch geworden. Sie waren vorgestern wirklich sehr unhöflich.«

»Sie hatten den Finger zu rasch in die Wunde gelegt. Es fing schon damit an, dass ich in diesem hübschen Hotel abgestiegen war. Wirklich sehr hübsch, aber wie sehr hatte ich meine eigenen Gedanken da in Kitsch verwandelt. Nicht wahr?«

»Sagte ich ja, Pfusch. Aus taktischen Gründen vermied ich das treffendere Wort. Sehen Sie, was Ihr Sokrates zustande bringt? Sie sind von selbst darauf gekommen. Ich bin's zufrieden.«

»Wie sagten Sie eben? Vorgestern? Wie ist das mit dem heutigen Datum? Haben Sie nicht einen anderen Tag in den heutigen verwandelt? Sie haben doch an der Zeit gedreht.«

»Schauen Sie auf Ihre Uhr, auf das Datum.« Ich holte das Handy aus der Tasche. Es zeigte Tag zwei nach der Vernissage. Die Zeit seither hatte ich für Notizen über die Insel nutzen wollen. Herr von Braun und die Erinnerung an die Reise, auf der du ausgestiegen warst, waren mir dazwischengekommen.

Mein Gegenüber lachte und zeigte die unregelmäßigen Zähne: »Achtundvierzig Stunden können es ganz schön in sich haben auf einer großen Insel, nicht wahr? Ich glaube, ich muss langsam zu meinem Berg, zu dem, was hier so Berg heißt. Aber 58 Meter wirken prächtig genug, wenn Normalnull davor liegt. Kommen Sie, nur noch ein kleines Stück, bevor alle Uhren wieder richtig gehen und Sie sich nur noch an das Gute, Wahre, Schöne erinnern.«

»Wollen Sie wirklich zum Mars?«

»Ja, ich bin dort verabredet. Vineta heißt bei den Marsianern unwesentlich anders. Es wafelt selten, dafür aber sehr intensiv über dem trockenen Land, wie eine Fata Morgana. Wasser ist dort ja unterirdisch eingefroren und wird nur nach Bedarf geschmolzen. Und sie wetten auf alles, was rot ist, das ist eine Menge. Viel zu tun für mich.«

»Finden Sie das nicht alles ziemlich utopisch?«

»Wieso? Ich weiß doch, dass es existiert. Sehen Sie? Genau da drüben, wo der Himmel aufgerissen ist, dieses rote Blinken über Stettin. Das ist mein Leitstrahl. Utopisch war Ihre Art, durchs Leben zu gehen. Sie beriefen sich die ganze Zeit auf etwas, das nicht mehr da war. Sie borgten sich dafür einen hübschen Namen, machten daraus fürs faule Denken ein Ruhekissen, einen feuchten Traum für Zurückgebliebene. So etwas fällt unter Abriss und Entsorgung. Sie, Herr K., verlegten Ihre metaphysischen Schmerzen dahin, Ihre Sehnsucht, hüteten da Ihre Angst, das alte, schwarze Schaf, und blieben klammheimlich der politischen Utopie treu, von der Sie sich schon lange frei wähnten. Sie betrieben da einen mehrflammigen Herd und ließen es köcheln.«

Wir hatten den Streckelsberg erreicht, einen kaum sichtbaren Pfad ins Gehölz. Er drehte sich noch einmal um: »Schauen Sie nur! Finden Sie nicht, dass die Ostsee gerade alles tut, um weiter nichts zu sein als das schönste Binnenmeer auf dem Planeten Erde?«

In ganzer Breite stand über der See eine riesige, helle Wolke, ein erhabener Vogel auf dem dunklen Grund des Himmels. Kein Wunder, der offene Blick ging von hier mit ein wenig Einbildungskraft ungehindert bis Deep, bis Mrzeżyno. Die Wolke füllte den freien Himmel ganz aus, Hinterlassenschaft eines feinen Künstlers, dessen Spuren, dessen Grazie, dessen Sinn für Form, Maß, Schönheit das eigentliche Geschenk des vergangenen Jahrhunderts an diese Weltgegend sind.

Ich stand allein am Rand dieses Bildes, hier, unten links, hell in dem Licht, das von der Wolke auf den Strand gespiegelt wurde. So einen seltsam aufsteigenden Meteor hatte ich noch nie gesehen wie den jetzt gerade über mir. Der Schweif, der sein Verglühen markierte, verband sich rasch mit einer der größeren Federn des Wolkenvogels.

14

In Wirklichkeit konnte die Nebensaison nicht schöner sein.

Deine Bahnfahrt war lang, und du warst schon zweimal umgestiegen. Also holte ich dich wenigstens von Züssow mit dem Mietwagen ab. Du kamst direkt von deinem Arbeitsplatz, nach einer anstrengenden Woche mit dem großen Bedürfnis nach Ruhe. Ich hatte die Zeit der Trennung genutzt, ein kleines Ferienhaus gemietet und dich schließlich angerufen. Du wolltest gleich ans Meer. Wir konnten zu Fuß gehen. Der leichte Regen störte nicht. Wir erreichten den Strand. Weit und breit kein Mensch. Wie selten, wie kostbar. Beinahe wären wir bekleidet weitergelaufen bis ins Wasser. Lachend zogen wir uns aus. Nackt liefen wir durch den Sand und in die flachen Wellen hinein, dass es nur so spritzte.

Literatur

Klaus Goldmann / Günter Wermusch: *Vineta. Die Wiederentdeckung einer versunkenen Stadt.* Bastei-Lübbe, Bergisch-Gladbach 1999

Sagen und Erzählungen von den Inseln Usedom und Wollin, gesammelt und hrsg. von Dr. Alfred Haas, Stettin, Johs. Burmeister's Buchhandlung, 1904; faksimilierter Reprint Sylt 1998

Erich Rackwitz: *Geheimnis um Vineta. Legende und Wirklichkeit einer versunkenen Stadt.* Der Kinderbuchverlag Berlin 1969

Hans Werner Richter: *Spuren im Sand, Roman.* Erstveröffentlichung 1953. Steidl Verlag, Göttingen 2004

Michael J. Neufeld: *Von Braun. Dreamer of Space, Engineer of War.* Alfred A. Knopf, New York 2007
deutsche Ausgabe: *Wernher von Braun. Visionär des Weltraums, Ingenieur des Krieges.* Aus dem Englischen von Ilse Strasmann, Siedler Verlag, München 2009

Documentary Monographs in Modern Art – Lyonel Feininger, hrsg. von June L. Ness, Praeger Publishers, New York / Washington 1974

Lyonel Feininger und die Romantik, Katalog. Lyonel-Feininger-Galerie Quedlinburg, 1991

Nachweise der Zitate und Anmerkungen

S. 37 »Der Schäferjunge, am Johannistag geboren ...« – Diese Version der Vineta-Sage findet sich unter anderem in Rackwitz: *Geheimnis um Vineta*

S. 48 »Und alle Schiffsherren ...« – Offb. 18,17 ff.

S. 50 »Mein ›verlorener Ort‹ ...« – Vgl. Uwe Kolbe: *Vinetas Archive, Essays.* Wallstein Verlag, Göttingen 2011

S. 52 »In der Tat kann diese Jahreszahl ...« – Vgl. Goldmann/Wermusch: *Vineta,* S. 140 f. Die Publikation beruht unter anderem auf Luftaufnahmen und daran nachweisbaren historischen Veränderungen im Mündungsgebiet der Oder. Auf http://www.stadt-barth.de/vineta.htm heißt es: »Im Jahre 1999 ließ sich die Stadt Barth beim Deutschen Patentamt die Marke ›Vineta‹ gesetzlich schützen. Seitdem können Neugierige das Vineta-Museum besuchen, oder man findet die Gelegenheit im Sommer die Vineta-Festtage auf der Schwimmbühne im Barther Bodden zu erleben.«

S. 53 »Vorerst schufen ein goldnes Geschlecht ...« – Hesiod: *Werke und Tage.* In: Hesiods Werke, übersetzt von Heinrich Gebhardt, Metzler Verlag, Stuttgart 1861, Vers 109/110

S. 55 »Wir sind versunken ...« – Uwe Kolbe: »Vineta«. In: *Vineta, Gedichte.* Suhrkamp Verlag, Frankfurt a. M. 1998

S. 58 »Des entsetzt sich mein Herz ...« – Hiob 37,2

S. 58 »der Herr antwortete ...« – Hiob 38,1–4

S. 59 »Aus seiner Nase geht Rauch ...« – Hiob 41,20 ff.

S. 59 »Der Herr sprach zum Satan ...« – Hiob 1,12

S. 60 Wenn von Entstehung und Zuteilung des Untertitels »Leviathan« nach dem 6. September 1917 auszugehen ist, stehen Möglichkeiten zur weiteren, differenzierten Deutung offen. Der 1917 zeitweilig internierte US-amerikanische Staatsbürger Lyonel Feininger hat mit dem Bild und seinem Untertitel vermutlich unmittelbar auf aktuelles Geschehen Bezug genommen:
Im Sommer 1917 lag die *Vaterland* – »das zweite Schiff der Imperator-Klasse und das größte jemals unter deutscher Flagge fahrende Passagierschiff« – »… an den Hapag-eigenen Piers in Hoboken (New York). … Da die USA die ersten Kriegsjahre neutral waren, verblieb das Schiff in New York. Hier wurde es zu einem Treffpunkt der New Yorker Gesellschaft. Mit der Kriegserklärung der USA [6. 4. 1917] wurde es konfisziert. … Die VATERLAND wurde ein Truppentransporter unter dem Namen LEVIATHAN, der je Reise bis zu 10.000 amerikanische Soldaten zu den Schlachtfeldern in Europa brachte. Sie hat damit wesentlich dazu beigetragen, das Land, unter deren [sic!] Flagge sie ursprünglich fuhr, zu besiegen. 1923 wurde die LEVIATHAN den United States Lines übergeben und wieder im Transatlantik-Passagierdienst eingesetzt, 1938 wurde sie abgewrackt.«
– Zitiert nach der Beilage der *Niederelbe-Zeitung* vom 15. 5. 2014 mit dem Titel »100 Jahre Steubenhöft Cuxhaven«; Copyright by Cuxhaven-Niederelbe Verlagsgesellschaft mbH & Co. KG, Cuxhaven; Verfasser: Horst Kopperschmidt, Förderverein Hapag Halle Cuxhaven e. V.

S. 63 »Ich male kein Bild mit dem Vorsatz …« – *Documentary Monographs in Modern Art*, S. 156; Übersetzung vom Autor

S. 72 »Wie kam es … dass Sie plötzlich zu Gott fanden …?« – Vgl. Neufeld: *Von Braun. Dreamer of Space*, S. 234

S. 77 »Der Alte trug einen Sack vor der Brust …« – Uwe

Kolbe: *Storiella oder Das Märchen von der Unruhe.* Wolbern Verlag, Potsdam 2008

S. 79 »alles, was den Nazismus ausmacht …« – Victor Klemperer: *LTI.* Reclam Verlag, Leipzig 1978, S. 150

S. 79 »›Entgrenzung‹ bedeutet die entscheidende Grundhaltung …« – Ebenda, S. 140

S. 80 »Zinnowitz wäre ein Bad wie die andern hier auch …« – Victor Klemperer: *Leben sammeln, nicht fragen wozu und warum. Tagebücher 1925–1932,* hrsg. von Walter Nowojski, Aufbau Verlag, Berlin 1996, S. 369

S. 83 »diesen neunmalklugen Freunden des Schweigens …« – Siehe das Gedicht »Vineta« in Uwe Kolbe: *Vineta, Gedichte* sowie den Zyklus »Schweigen (aus einem Gespräch mit Yang Lian)« in Uwe Kolbe: *Nicht wirklich platonisch, Gedichte.* Suhrkamp Verlag, Frankfurt a. M. 1994

S. 100 »wie der berühmte Seher Teiresias …« – Vgl. Homer: *Odyssee,* 11. Gesang

S. 107 »Einer schrieb mal, nachdem er das Manuskript gelesen hatte …« – Vgl. Neufeld: *Von Braun. Dreamer of Space,* S. 246

S. 112 »Man sagt, unfern dieser Insel …« – Heinrich Heine: *Sämtliche Schriften in 12 Bänden.* Ullstein-Werkausgaben, 1981, Band 3, S. 224